那一城，终一人，许你一生

执念左左／南亦陈／著

海峡出版发行集团 THE STRAITS PUBLISHING & DISTRIBUTING GROUP | 鹭江出版社 LUJIANG PUBLISHING HOUSE

2016年・厦门

那 一 城 ， 终 一 人 ， 许 你 一 生

每一个女子，心底必然有很多很美的梦，而其中最美的那个，必然是：择一城，遇一人，携手白头。

但——

爱，有时尽。

世间女子无数，真正能拥抱自己美梦的，偏偏寥寥无几。

有些年少时痴守的梦想，在现实的过滤下，终究只能成为梦。但我们依然固执地守在这个薄情的世界，不离开，不放弃。心中一份执念，让我们执着，痴守，去等待那一个对的人。

爱，无止尽。

那一城，终一人，许你一生。

prologue

序：遇一人白首，择一城终老

——献给那些相信并还在坚守爱情的人

对小说中浪漫缠绵的爱情，人们往往持向往或自我抚慰的情感远观，而回到现实中的时候，我们都会跳出这些虚构的幻想，继续自己的人生。

大多数人对于爱情的态度大多数人往往是悲观的，似乎每个在恋爱中的人都会担心明天会发生什么，所以会去追求那些其实并不重要的口头承诺，这样未免太傻。

多年前，我参加了一个同学聚会，记得与邻座素未谋面的师兄相谈甚欢，碰巧我们谈到了这方面的话题，于是，他给我讲述了一个他亲身经历的故事：

大三那年，我认识了一个叫苏亚楠的女孩。

一次看见她在图书馆前抱着的厚厚一摞书不小心散了一地，红着脸慌忙的蹲在地上一本一本捡书的样子实在可爱，便开始了一见钟情之后的追求。

当时十分流行吴秀波的一句话："那时喜欢上他，不是因为他有房有车，而是因为那天下午阳光正好，他穿了一件白衬衫。"而我则是因为迷恋上了她的白裙子。但是聊过接触后才发现，她就是我要找的那个对的人。幸运的是，她对我的感觉也不错，于是我们很快就在一起了。

恋爱的时光总是觉得很快。我们游览过了所有想去的景点，走过了这里的每一条街道，在午夜的摩天轮前相吻，在最繁华热闹的街口静静相拥……

我觉得我们做过了所有情侣应该做的最浪漫的事，在这座城市的每一个角落里都留下了我们相爱的痕迹。我们甚至都在被爱情迷昏了头的时候，幼稚地作了毕业后就举行婚礼的决定。

她很喜欢小孩子，所以学习的就是从事教育的专业。她说将来要去完成她小时候做老师的梦想。恰巧学校有一个自愿到美国乡村支教的活动，为期一年，结束后可以到当地最好的公立学校教书，薪资待遇比国内要好得多。

她动心了，可是我却并不想让她去异国他乡，也不想把我们的未来寄放在那里。

于是我瞒着她，故意错过了同样是去美国进修金融经济学的机会。我想以这种方式挽留她，向她表明自己的立场。可是本以为我会答应的亚楠知道了我的一意孤行之后，没怎么和我发过火的她，盛怒之下拖着行李就只身一人去了美国。她骂我自私，决绝，从来不为她考虑。

就这样，在天各一方的情况下，结束了我们之间的恋情。

之后的日子里，我承受不住失去亚楠的痛苦，浑浑噩噩颓废了将近半年光景。走到哪里似乎都能看见我们手挽手的画面，听见她笑的声音。

我开始认识到自己当时犯下的错误，也认识到换掉所有联系方式的她不会再原谅我。

一年之后，果然没有任何关于她回来的消息，我知道她是真的留在那里了。依然没法忘记她的我，决定答应去美国进修，也是为了去找她。拿着学校给我提供的支教地址，我一下飞机就直奔那里。可是让我没有想到的是，那里的工作人员说她三天前刚刚离开，去了哪里谁也不知道。

看着学校墙上挂着她和孩子们一起开心做游戏时的照片，我的心突然狠狠地疼了一下，觉得我们再也没有可能了。我不得不安下心来，开始了在美国枯燥孤单的学习生活。

一晃两年快要过去了。

多家美国企业给我投了招聘书，我觉得自己不能一直沉浸在过去失恋的痛苦之中了，于是决定回国办好交接手续之后，就留在美国开始发展我的事业。

命运就是很爱捉弄人。

当我回到熟悉的城市，办好手续走出从前的学校，路过一家幼儿园的时候，碰巧赶上孩子们放学的时间。

突然，一个再熟悉不过的身影出现在马路对面。

我十分惊讶于亚楠竟然出现在安放我们爱情的这座城市。我急忙跑过去，当她看到我之后脸上浮现出了诧异惊喜的表情，我站在她的对面湿了眼眶……

正在我听得意犹未尽，沉迷于故事中的时候，师兄突然停了下来。

他转过头，对坐在身旁的爱人温柔地说："亚楠，去给我师妹倒一杯饮料来。"

我张大嘴巴呆住了。

师兄冲我笑笑："后来她对我说，在美国的那一年，使她成熟了许多，也明白了应该怎样真正爱一个人。她回国之后，决定在这里安定下来，放弃了在那边的工作和野心，守着这座城。可她没有想到的是，我竟会突然去了美国。她不敢再打扰我，因为她不能确定这么长时间以后，我是否还会继续爱她。于是就找了一家离大学不远的幼儿园做教师，等我回来。因为那次的重逢，我们破镜重圆，和好如初。再后来，正如你刚才看到的，我如愿以偿地娶到了她。"

师兄站起身来，搂着笑得像花一样甜的亚楠。

"那边还有点事，我们先过去一下……"

望着他们远去的幸福背影，我不禁有些小嫉妒，但更多的则是羡慕与祝福。

也许这就是世间真正的爱情吧——

时光静好，与君语；

细水长流，与君同；

繁华落尽，与君老。

可是又有多少人能做到如此浪漫并坚贞不渝呢？

我们再跌宕起伏的人生，都逃脱不掉一份归于平淡却不失感动的婚姻和爱情，唯一能做的就只有静守这份感情的到来。两个人相遇相爱已属不易,若能白头到老则更加难能可贵。所以，我们要将希望寄于一座城市，将爱灌注到一个对的人身上。

等吧。

那个爱你的人总会到来。

目录

C o n t e n t s

第三部分：永不永不说再见

——最真的感情是暗恋，最美的感情是有所遗憾。任何恋情都如此美好，只是你来得太晚，所以没得到。

第四部分：欠自己一个幸福模样

——离开错的，才能遇到对的，当孤单比和你在一起更快乐时，放弃了真好。

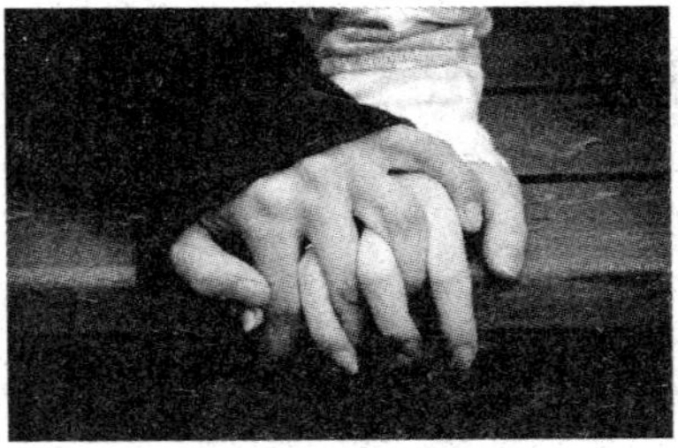

C o n t e n t s

第一部分：
爱在破晓前

——我最害怕的事情，不是我无法放弃你；而是有那么一天，我突然不喜欢你了。

味道

爱的感觉是什么？

是一首歌的旋律；是一幅画的浓墨；是明朗的夕阳余晖；是阴郁的天空一角，抑或是缠绵鼻息的一种味道。

有时，人们记忆中的景象是模糊不清的，曾经深刻入骨的记忆，被时光过滤之后，像是蒙了一层厚厚的磨砂，砺去了原本模样，从最开始的一清二楚，到后来，每每回忆起来，总是些大概的、含糊不清的片段。

初恋对于很多女孩来说，都如梦似幻，而揭开梦幻的面纱之后，真实往往会将幻想扭曲到不忍直视，但依然有些人，受上天眷顾，美梦如初。

林茵是我在家乡的一个很好的朋友，她曾很多次跟我提起她的故事，那是她的的初恋，也是她的归属。

想必每一个女孩都品尝过初恋的味道。

也曾有不少女孩子，从小便拥有一个梦，芳心若许，终一人而执手白头。可又有几个人可以一次便遇对了人，牵对了手，一生一世不再分离？那些美得如同童话般的故事，终究只是属于少数人的。

可我们依然心有向往，只因为我们的心里，有过同样梦。

林茵回忆起初次见到小至的那个午后，也只记得暖暖的阳光、枝叶中斑驳的投影，他轻挑起唇角笑得有些坏坏的模样。然而记忆中最为清晰的，却是经过他身旁时，他干净的白衬衣上飘散而出的气息。

说得矫情那是青春时期属于男孩最为迷人的味道，说句实在的那便是他衬衣上洗衣粉的味道。

但偏偏，唯有这个味道穿越了时光、穿透了记忆。

在多年后，林茵记起那个午后时，那抹味道依旧萦绕在她的鼻尖下，清晰如昨。

1

林茵喜欢小至，是从学生时代便开始的事情。

大体来说，林茵算是个晚熟的孩子，中学时期只懂埋头苦读，对于情感一概无知，若是有男同学主动示好，也只当人家是单纯以交流学习为目地。直到升上高中初见小至时，情窦顿开。

那个午后，他与几个同学一起说笑着走向班极，她从他的身边擦肩而过，少年的气息随风飘进她的鼻端。

她侧头看去——

少年轻挑起唇角笑的模样有些坏，却猛地扎进她的心底，之后便再也驱散不去。连她自己都没有发觉，白皙的脸上已经飘上红霞，他的背影似会烫人一般，她急急避开目光，心擂如鼓。

恰巧，就在同一个班上，更恰巧的是，就在邻桌。

尽量距离如此之近，他不曾注意到她，她也从不主动交谈。只是上课时，偶尔会不自觉地转头去看他的侧脸，看着他专注的样子心中更是喜欢。

是谁说的？专注的男生是最帅的。

有时，他会突然回过头来，四目相对，她惊慌地收回目光，双颊发烫，像是做了错事的孩子低着头，转念一想这样又太过明显，于是又抬起头朝他的方向，目光掠过他，看向别处去。

相对林茵的安静，小至不折不扣是班上甚至年级的风云人物。

他面容干净帅气，个性开朗张扬，时常喜欢捉弄同学，上课也是随自己的心意，想要认真时便整堂课都雷打不动地记录下老师所讲的每一句话，不想认真时或是趴着睡觉、或是偷看小说又或者明目张胆地和周边同学打闹。偏偏他的成绩又好得很，让许多老师对他是又爱又恨。

男生乐意和他玩在一起，女生明里暗里喜欢他的自然也不在少数。林茵就曾经看到过隔壁班的班花曾将小至拦截在走廊，大胆表白。

那时候林茵恰巧经过，听到隔壁班班花大胆的措辞，她的脸立刻红了，倒像是她在表白一般，似害怕听到小至的回答，她匆匆地绕过他们，低着头走得飞快。

过了不久，学校就传开了，小至和隔壁班花在一起了。

林茵不再侧头看他，而是望着窗外，微微叹了口气。

果然，王子和公主在一起才是正经的童话故事。

果然，像那样大胆直接的表达，像她这样内向的孩子，是做不出来的。

果然，她只适合暗恋。

当曾经的树叶从枝桠间斑驳的光阴中飘落的时候，校园里开始泛滥小至和隔壁班花在一起的传言。

林茵甚至说不清自己那时候的感受。

“只是觉得胸腔中每天都暖暖的地方突然间空了一块，钝钝的，有种难以言喻的钝痛，却又无法宣之于口。”

林茵如是说。

我想，我理解她的心情，但却无法感同身受。我几乎可以看到那个怯弱的女孩子，在那俊美男孩的目光扫过她的角落时，将头埋得更低。

想必有很多人曾尝过暗恋的滋味，大抵都是苦涩多于甜蜜。

却也有大把的人，甘之如饴。

小至与隔壁班花交往后，林茵开始主动拉开距离。在不自觉想用目光搜索他时，也会稍微控制一下自己，有时忘了也会突然惊觉，然后匆忙收回目光。

后来，林茵想想也觉得自己可笑，虽然在同一个班上，虽然就在隔壁桌，可是从未有过交集的两个人，她拉开什么距离？不过是拉开自己心中渴望接近又不敢靠近的“距离”罢了。

原本这份感情悄然埋在心底，不喜不悲，也不渴望他回应什么。

偏偏，她看到了他与班花亲密无间地出现在眼前，那刺痛的感觉猝不及防地就插进她的心脏深处。

谁说暗恋不会疼？

她逃一样飞奔离开，甚至没发现那一刻自己通红的眼眶，和遗落在风中的泪珠。

之后的日子，她更着急地想要断掉自己心中的念想，将精力全都放在学习中。

“这道题你解错了。”

课间，她正埋首做题，突然那熟悉的气息飘入鼻间，一抬头看到他一脸认真地指着她草稿纸上的演算，自然地从她手中拿走笔，在她的纸上重新演算了一遍，又指着上面的题认真地解说。

她呆滞地瞪着他，只见他的嘴一张一合，说了些什么是完全没有听入耳中。

心中的欢喜不知不觉就战胜了那颗想要逃离的心。

从那之后，他们之间有了简单的交谈。只是上课时，她再也不敢转过头偷偷看他，只是有时无法控制自己用余光去偷看，每一次这样的偷看都被他捉个正着，她惊慌收回目光时，明显看到他挑起嘴角，一抹玩味的笑意，心跳得更加慌乱。

有时候林茵也会错觉，他是不是其实也有一些喜欢自己？

有时候她也会觉得，他待自己似乎总和别人不同。至少他从来不取笑或是捉弄她，有时和他的朋友一起玩时，目光似乎也会飘到自己的身上。

但这一切，林茵都不敢去证实，没有勇气也或许是更害怕答案证明，是自己自作多情。

更何况，他还有隔壁的班花。

而她，有什么可以和隔壁班花相比？

于是，她依旧小心地将这份情感埋在自己的心底，对于他的靠近，她不闪躲也不表现欢喜，将一切都掩盖在平静的面容下。

这样的平静，直到有一次小至问林茵借书才被打破。

开始林茵并没有多想，便将自己的课本借给他。那天放学，正巧是林茵留下值日，同学都已经离去，只有他没有走，拿着她的课本，翻了一页又一页。

正在值日的林茵看着他认真的样子，有些发怔，而当她的目光落在他手上的课本的时候，林茵心中突然像划过一道闪电，手中的动作突然停滞，她恍然察觉到自己似乎犯了一个难以挽回的错误。

她猛地抬头，看着他慌了神，却正好撞到他澄澈的瞳孔深处。

她张了张口，一张脸唰地通红，局促不安地连连后退。

“我发誓，我从未见过他如此认真的样子，一句话也不说，只是默默地凝视着我，那双眼睛是我见过的最美的眼睛，比天上的星星还要明亮，我甚至能看到他漆黑的星眸里，倒映着我的影子。”

林茵讲到这里的时候，使劲地抓着我，强调着她当时紧张的心情。

我笑着聆听，“然后呢？”

林茵还记得，那时候教室里的光线明暗不清，在小至俊美的侧脸上打上晦暗不明的阴影，却将他脸部的轮廓勾勒得更加深邃好看。

他一步一步走向她。

书中的秘密，他是发现了吧。

林茵清楚地听到自己的心跳声，红着一张脸一动不动地愣在原地，看着他朝自己靠近。

那一刻，仿佛时光穿梭。

他静默了片刻，却最终什么也没有说，只是将书放回到她的手中，转身离开。

她接过书本，翻开他正在看的那一页，书中所有的“至”字，被涂抹得看不见一点痕迹，这是属于她心底的小秘密，也是在遇到他之后便养成的习惯，看到他的名字便不自觉地去涂抹，仿佛是怕被人发现，又仿佛想要将那个字深深地藏在心底。

那么，他是发现了吗？

所以，从今以后他也会开始对自己保持距离，阻止自己那份胡思乱想的心了吧？

手中的弓不期然滑落在地……

暗恋，果然会疼。

3

小至和隔壁班花分手了！

据说是班花先提出来的，也就是说小至是被甩的那一个！

果然，他不再像从前那样和同学们吵闹，课间时间也是没有一点精神，独自趴在课桌上，对谁都是爱搭不理的样子，于是大家都在流传，小至被情所伤。

林茵心中是担心的，甚至因他发现秘密后所表现出的疏离而导致的失落，也全都消散不见。

“可以帮我讲讲这道题吗？”

她小心翼翼地将题面放到他的桌上，他抬起头看了她一眼，也不知是不是错觉，林茵分明感觉到他的双眼变得明亮起来。

虽然依旧是懒懒的模样，但还是为她讲解完了整道题。

那是林茵第一次主动找他说话，后来想想，当初的自己还真的是木讷，不知怎样安慰别人，居然想到拿解题去转移他的注意力。

在还不懂爱的年纪里，却可以为喜欢的人调动自己所有的心思，这才是初恋最美好的样子吧。

也是在那之后，他们之间的交谈开始变得多起来。

从最开始的解题，到之后小至也会开她玩笑，在她解不开他出的题面时，他会笑着敲她的脑袋轻骂笨蛋，再到后来连放学的时间小至也会送她回家。虽然林茵也会拒绝，可是小至总是以她这样笨，若是不利用放学的时间再好好考考她，那将来也只能高中毕业就选择嫁人了。

林茵想反驳，自己虽然不是全班第一，好歹也没有出过前十，哪有他说得这么差劲？

可是小至哪肯给她反驳的机会，说急了便抓住她的手，拖着她走。

指尖相触的刹那！

像是触电的感觉，他的掌心暖而真实。

这些连梦里都不敢出现的场景，居然在真实中上演，林茵无法诉说那种感觉，只是觉得他霸道地牵起她的那一刻，是她经历过最明亮、晴朗的夏天。

慢慢越来越熟识，林茵也不再是那个沉默内向的女孩，有时偶尔会爆一些冷得要命的句子，却可以让小至笑到捧腹。

但很快，学校里便开始流传，小至在被班花甩了之后，便找了林茵来填补心中的空缺。林茵甚至亲耳听到，那些女生议论着一周或是两周的时间，林茵一定会被甩，因为像她这样资质的女孩，怎可能入得了小至的法眼？他不过是在玩玩罢了。

这样刺眼的声音，说不在意是不可能的。可是，自己和小至的关系究竟是什么？同学？朋友？他从未说过喜欢自己，而她也始终未曾表白过，怎么就被传得这样不堪入耳？甚至每每与班花相遇时，她都可以清楚地感觉到来自班花那怨恨的目光。

一时之间，默默无闻的林茵，成为众矢之的。

有好几次她都想要开口询问小至，为什么对自己另眼相待，若真是喜欢自己，为何他们之间除了那次牵手，便再无暧昧，交谈也从来只是学习。

但她不敢问，只能选择再次拉开距离。

4

已经不是第一次在心里决定要与他拉开距离，但这一次却比任何一次都要疼。看着他不解的目光，愤然离开，自己也只能低着头，走向曾经一起走过的路。也是在那时候，林茵才发现，原来小至的家和自己的家并不是一个方向。

从未有过的沉重感，压迫着林茵的心。

憋着泪水，也只能一步一步远离自己那么喜欢的他，甚至都不理解自己为什么非要这么做不可，只因为别人的目光吗？

可是，她就是无法说服自己再像从前那样，以朋友相处。

这场暗恋，有了这些回忆，也足够了。

转眼，高考将至。

他们之间已经许久不曾交谈，回到了最初在高一时的状态。有时，她遇到解不了的题时，依旧会咬着笔苦苦思索，过段时间前桌便会将解题思路扔到她的桌上，她连忙感谢，却又敏感地转向小至，面对他似埋怨的目光，慌乱地低下头，那清晰的解题思路却是怎么也看不进去。

在临近高考时，林茵突然听说，原来之前小至与隔壁班花在一起，是他和别人打了赌，说一定可以让班花先向自己表白，在赌赢不久之后便开始疏离，气得班花主动提了分手，他也坦然接受。而唯一一次亲密无间出现是为了证明给那些下了赌注的同学们看，偏偏是表白和证明，都被林茵撞见。

在高考前一晚，小至突然来找林茵，将她堵在校门口，说什么也不再让她闪躲。

“为什么讨厌我！”

小至开门见山，表情平静，眸光却有些悲伤。

讨厌他？

林茵莫名，自己分明是那样喜欢他，怎么会让他觉得自己讨厌他呢？于是想也未想，便脱口而出：我没有！

他双眸一亮，又转为黯淡。

“你没有，为什么把我的名字全涂了。为什么后来突然就不理我了。”

“……”

原来，他是这样理解的。

林茵突然想笑，却又觉得甜蜜，不知怎样回答，只能看着他期待的目光，心思百转之后，她开口道:”高考，你有把握吗？”

“就你填的那些志向，我闭着眼睛都能考上。”

“那，加油。”

“喂……”

她没有回头，步伐轻快地离开。

暗恋，果然不止有疼的时候，还会有甜的时候，否则又是什么支撑着这份喜欢，贯穿着她的整个高中时期？

18 岁，最美的是什么？对于林茵来说，那便是遇到小至，并喜欢他整整三个季节。

5

高考结束的那一晚，所有高三学子都松了一大口气，整整一年的准备、压力都在这一刻得到释放。无论考得好与不好，都有疯狂一把的冲动，就连林茵这样内向的女生，也有像同学一样将课本扔向窗外的冲动。

毕业聚会，同学们彻底地放纵了一把，又是笑又是哭，诉说离别、诉说约定。

最后，不知是谁提起的，让所有同学坐成一个圈，每个人将自己的秘密写在纸条上，传给左手边的，这样每个同学都拥有彼此的一个秘密，作为高中结束最后的礼物。

这样的游戏，林茵曾经在网上看到过，可是她的秘密……

还未想好，小至已经理所当然地将林茵右手边的同学赶走，这样一来，她便坐在他的左手边。他要将秘密分享给自己！

收到他的纸条时，她的指尖都有些颤抖。

慢慢打开，上面豁然写着：

我喜欢你，三个夏天。

她抬起头，对上他满是笑意的双眼，泪眼朦胧。

是喜却又伤，暗恋终是有了结果，却偏偏又在分别的时刻。不敢轻许诺言，因为都还年轻，未来变数，无法预计。

在他期待的目光下，林茵有些晕眩，还未来得及做出答复，和小至玩得好的几个男生突然嬉笑着跑了过来，拍着他的肩膀，若有所指地看看林茵又看看小至，笑得张狂。

不知为何，林茵突然就想起之前他与他们打赌让班花先表白的事情……

心口一紧，她慌乱起身。

这时候她甚至不敢再看小至一眼，连道别都没有，便匆匆逃走。

如果这一切真是赌约，她宁可不揭穿真相，保留最后一点美好，为这段暗恋划下句点。捏着他写的纸条，泪水滑落，尚未看清便已经消失不见，如同她这三年暗恋的时光。

她选择的大学，远离家乡。

这个繁华的城市她是第一次来，但坚持不让父母相陪，要自己勇敢迈出这独立的第一步。但真的抵达这偌大的城市时，她又迷茫了。

这里的一切，这么陌生，陌生到她不知道自己为什么来这里，也不知道未来何去何从，她又想起了小至的面庞，可是那个陪伴了她三年的身影，现在又在什么地方呢？

“同学，是迷路了吗？需要帮忙吗？”

林茵浑身一颤，耳畔传来连梦里都熟悉无比的声音。

这一天，万里无云，就在她站在校园找不到新生报道处时，那个朝思梦想的声音毫无预期地出现了，那抹清香的气息缭绕鼻息，熟悉的身影像变魔法一样出现在她的身旁。

她抬起头，看到小至。

恍若高一最初见到时的他，依旧明媚动人。

“笨蛋，没有我在你身边，我看你连路都找不到。”他修长的食指微微拱起，轻轻落在她的额头，“我看了你的志愿，也报了这个学校；也打听了你的选择，我跟随。”他牵起她的手，霸道得不准她再逃避，一步一步向前走去。

这一刻，除了热涌的泪水，她甚至说不出一句话。

她突然好想告诉他，她喜欢他，整整三个夏天。

可是，她还未开口，他便先说：“我喜欢你三个夏天，我还想喜欢你再三个夏天、再再三个夏天、再再再三个夏天……”

她微笑着，听着他不断地重复着，心情似这天气，晴朗明媚，带着夏天的味道。

后来，她曾逼问他到底什么时候开始喜欢自己的。

他说，从她小心翼翼地抬头看他时，他便已心动。只是她内向，他又无法确认，害怕吓跑她，于是想着借由班花的事情看看她的反应，可没想到，她似乎一点都不在意。

哪能不在意呢？林茵偷偷抿起唇瓣，眼里洒落一片光辉。

他轻敲她的头，有些责备地说：那时候啊，从未发觉喜欢一个人会这么累，但，却累得这么甜蜜。

累得，由这一城赶往下一城，只是害怕失去你的消息，来不及诉说心中的情绪。

她笑，在他的脸上轻轻一吻。

今后，换我追随你的步伐，那一城、终一人。

现在，林茵已经和小至在他们毕业的城市定居了。林茵告诉我，那是一座美丽的城，常年都有着夏天的味道，每一条街道都有着似曾相识的景致。可我知道，那里美，并不是因为那座城，而是因为在那座城里，有她这辈子都愿意陪伴的人。

愿深情从此不再被辜负

我们周围，每一个人身上都有很多故事。

有的人像林茵一样幸运，一辈子，终一人，携手白头。也有的人，在爱情的世界里栽尽了跟头，遍体鳞伤。

但我依然相信，也必须相信，每一个人女子都会有一个宿命的人在那一座美丽的城池里静默等待，等待与对方相遇的那一刻——

执子之手，与子白头。

1

这世界上有一种人，爱得绝对，也放得干脆。

九儿便是这样的姑娘。

该怎么形容九儿呢？她有时精灵古怪、有时善解人意、有时蛮横不讲理，简单说，可以是娇媚的软妹子，也可以是彪悍的女汉子。她失恋的时候，依旧可以大大咧咧地在朋友们面前嬉笑吵闹，所以朋友们也没有究根寻底地追问，究竟是什么让她放弃了多年的恋情。

他们曾经也是我们眼中最为羡慕的一对儿，男生几乎把九儿宠到了无法无天的地步，只要她想要的，他都会尽全力满足她。九儿是深爱他的，这点她的闺蜜最为清楚。虽然平常看起来她并没有太在乎，可是那个男生喜爱什么她都会默默地为他办好。

他的爱，人尽皆知。

她的爱，无声无息。

那时候他们的经济并不宽裕，在吃牛肉面时，他会细心地挑出牛肉与青菜往她的碗里夹，她也不拒绝，开心享受。但总是借口不爱吃荷包蛋与面条，以嫌弃状扔进他的碗里。

和朋友出去逛街，走了整整一个下午，回到家中打开手提袋，里面全是他的衣物。他问怎么不为自己买一些，她总是笑说，因为他的眼光太差，只好由她劳心劳力了。

许多细微的小细节，到后来九儿都忆不起来了。不舍与遗憾，她都没有说出口。唯一后悔的，是没有清楚地让他知道，自己究竟有多爱他。

面对朋友们的奚落与指责，她也只是笑笑不解释，可是那阵阵疼痛的感觉，清楚地在心里翻江倒海。

分手当天，九儿问他，是从什么时候开始想着要分手的。

以她对他的了解，他并不是凉薄之人，相处多年他对自己的好，她是能够清楚地感觉到。这样深情的付出，绝不会说分便分。至少她是这样想的。

他答，一个多月了。

“我们之间，是否有第三个人？”她又问。

“没有。”他答。

“好，那我们分手。”

她不忍将他的一切联络方式从自己的世界中斩断，于是便让他去做，他没有犹豫，便斩断了一切。

最终，那句“我们明明不是很好吗，为什么会分手”的话，也只埋在了九儿的心间，没有问出口。

因为她知道——

有些人要走，是挽留不住的。

即使昨天还在深情款款，今日也可能各自天涯。不追问、不吵架，是她留给这份爱最后的礼物。

她不愿意也不舍得，将这份曾经美好的感情，最后以怨恨作为结局。

她开始在朋友们面前笑得越来越开心，每一次经过他们去过的地方，想起他曾经的温柔，她都会夸张地笑着，甚至笑出了眼泪，还拍着大腿对着朋友们说，刚才那个人真的太搞笑了。抹去泪水，昂首挺胸地继续向前走。

那个男生并非她的初恋，她也知道自己终有一天会好起来，只是这个过程中的痛苦没有人可以分担，只有靠自己。她在很努力，很努力适应没有他的日子；很努力在失去他之后，不再失去自己。

她知道，自己终有一天会遇到新的人，那么在这之前她想要把自己变得更好，给来的人一份惊喜，也给自己一个交代。

2

这世界上最易变的是人心，最为残忍的，也是人心。

原以为分手后，最多便是陌路，老死不相往来。只存一份记忆在脑海里，随着时间的风化，慢慢会变淡，直到某天突然翻起，也只是扬起一阵尘土，除了迷了双眼不会再伤及心脏。可是，九儿还没来得及愈合自己的伤口，便再一次被男生狠狠刺伤。

请柬是寄来的。

在失去联络的三个月后，九儿突然收到一封信，看到信封上那熟悉的字，她的心突突地跳着。捧着信回到家中，反复思量，猜测着这封信里究竟会是什么内容。

求复合？

或者是解释自己为什么会这样坚定地放弃这段感情？

猜测了无数种可能，忐忑不安地拆开，却看到鲜红的请柬。一瞬间，九儿似乎失去了说话的能力，只是呆呆地盯着手中的请柬与请柬上甜蜜合照中的那个男生。

那个曾经说，如果有一天他结婚了，九儿一定要来，否则没有新娘的婚礼他会很尴尬；那个曾经说，无论将来如何变化，他都会只爱九儿一个人，永远不会变；那个曾经无数次轻轻拥他入怀，承诺会爱他一辈子的人……

她知道，知道相爱时所有的承诺都是不可尽信的，哪怕他在说的当下确实是真心的，但最易变的也是这份心。

可是，她却无法控制自己不去想那些曾经，那些他许下的承诺。

心，如被凌迟。

良久，她静静地闭眼，努力勾起唇角，将请柬扣在桌上，不敢再看。

朋友们发现的时候，都愤怒地指责男生的凉薄与善变，指责男生的种种不是。九儿只是静静地听着，她在思索，理智告诉她两个人会分手，如果一方不是渣那么必定不会是一个人的原因。

一定是她有什么地方做得不够好，所以他才这么果断地离开。

在朋友们的骂声中，她静默地坐在镜子前，一遍又一遍地描眉，试着各种颜色的唇彩，新买的睫毛膏的用法还有些不熟悉，还有这个胭脂，涂上之后会不会显得太红?

朋友们气不过，一把扯过她问："你怎么还有心思化妆?你难道不生气吗? "

"……"

她滞了滞，生气吗?

好像真的没有，心底冰凉，不知是麻木还是自己冷血，她真的没有在生气?她甚至不知道自己在想什么。

看着朋友关切焦急的目光，她回过头对着镜子，皱眉擦去刚化好的眉形，顿了顿回答："我只是在想，我究竟要化什么妆去参加他的婚礼。"

话音刚落，一滴泪滑落进粉饼里，她缓缓地低下头，看着渐渐被打湿的粉底，突然趴在桌上，没有声音，只是肩膀起伏得厉害。

我不知道该怎么好好和你道别。

也不知该悲伤还是快乐地去祝你新婚快乐。

我只是想在失去有关你的一切时，能不能够给我一点点时间?

让我愈合伤口。

再多一点点的时间，真的只需要再多一点点……我便可以云淡风轻地出现在你的婚礼上，看着你亲吻身旁的新娘，许诺一生爱她不离不弃的誓言。

真的可以吗？

自从在一起之后，她没有想过会嫁给别人。更没有想过，有一天他将要娶的人，不是自己。

那么，在婚礼的当天，他牵着新娘挨桌敬酒时，会不会恍惚地想起，曾经这样的场景是他曾许诺给她的？

“真的要去吗？”

“嗯。”

“决定了？”

“嗯。”

朋友没有再劝，只是微微叹息。她知道，一个连哭都不愿意发出声响的女孩，内心有多倔强。

3

参加他的婚礼，只是九儿给自己一次死心的机会。

若是真要怨恨，她是做不来的。毕竟曾经那样掏心掏肺的好，是真的。如果非要选择一种态度，九儿宁可希望他幸福。

婚礼当天，九儿化了精致的淡妆，换上了低调却又不失礼的衣服，面色平静地走到他的面前，将红包亲手递到他的手中。

新娘伸过手来接时，笑容得意。九儿坚持地将红包递在他的面前，固执地只要他收下这份礼。他伸出手，目光甚至不敢落在九儿的身上，只是颤抖着接过，动了动嘴唇，没有声音，但九儿却清楚地知道，他在说：对不起。

对不起，让你见证了最残忍的时刻。

对不起，终是辜负了我们曾经一起许下的梦。

九儿瞪着他，眼眶渐渐变红，来宾好奇地看着他们，她没有理会，时间仿佛静止了一般，她就这样一动不动地瞪着他，在自己的面前低垂目光，满脸歉意。良久，九儿扯出一抹凄凉的笑容，留下最后一句话——

“愿你的幸福，心安理得。”

愿你的幸福，心安理得。

她转身离开，没有理会新娘在她身后尖叫着，喊着一些难以入耳的话，她只看到自己的内心枯萎成荒原，她的心城一片荒凉。

至此，他们之间，是真正地结束了吧？

你曾说过，等将来结婚的时候，我一定会画着精致的妆容，比全世界最美的新娘还美丽；你说我的皮肤本就白皙，那胭脂的红都会遮挡了我的美丽；你曾说，可以想象出来，我穿婚纱的样子，一定就像从云端步入凡尘的天使一样梦幻……

你曾说，会爱我一辈子……

看着鱼贯而入的来宾，面上带着恭喜的笑意，她脑海里不断闪过他说过的话，她慌不择路地逃着。

不敢多想，却还是止不住有他的声音侵袭脑海，他的声音，他的笑，他和她一起步行走过的街道，冬雪中互相嬉戏互相拥抱，所有的往事疯狂地涌进她的脑海，她觉得整个世界都开始癫狂。

她看不到马路上行人诧异的眼光，听不见刺耳的刹车声，喇叭声，司机的叫骂声，所有的一切都蒙了浓雾，唯独他的面容越来越清晰。

她记得那次两人都说了分手，于是约定在分手前最后一次一起去旅行。

他们来到说了许久却没有来的海边，在那里他们像正常的情侣一般吃着美食、拍着照片，发誓就算分手也要和平美好地分手，留下最宝贵的记忆。

也是在那片海边，她不小心脚扭了，他立刻伸手扶住她，心疼地责怪她怎么那么不小心，以后她一个人的时候可怎么办。

最后，四目相对两人眼眶泛红，他牵起她的手说：“我们回家吧。”

我们回家吧。

这五个字像是魔咒一般困在她的脑海里，她停下步伐，转身看着空荡荡的身后，蹲下身子抱着自己痛哭出声。

这一次，他再也不会跟上来。

你终是有了自己的家，可我又怎么还能够回得去？那段过往，被你抛弃得毫不留恋，我却又为何到现在仍依依不舍……

于修，便在这时候出现。

他远远地看着她蹲在街头，弱小的身体像只受了伤的小猫，突然就很想要去守护她。

于修是他的同学，应邀参加婚礼。原本以为新娘一定会是她，可是却没有想到照片上是另外一个陌生女孩。在婚礼现场，他眼看着这个姑娘最后的倔强被一点一点瓦解，带着残余的自尊逃离了对她而言的一场灾难。

犹豫了许久，他走到她的身旁，掏出纸巾递到她的眼前，她抬起头时是惊喜的，看清了他的脸时，又瞬间黯淡，看着她眼里的光彩慢慢晦暗，直到毫无生气，于修的心紧了紧，有种从未体会过的刺疼。

这个傻姑娘，到此刻还觉得那个男生会回心转意？

是太傻太天真，还是真的用情太深？

4

也许是那一眼生出的保护欲，也许是不忍这样的姑娘独自一个人守着悲伤，于修决定要追求九儿。

他快速与她的朋友熟识，打听她的喜好，送礼物、送花，基本上追妹子的套路全都用上了，可是九儿就是不为所动。

他知道，九儿还没有走出那段情伤，他不想催促，只想守护。

得知九儿最害怕打雷，于是便在雷雨交加的天气，出现在她的家门口。被拒之门外，他也不气馁，打通她的电话，只说雷声过后他便会离开，现在他就守在门外让她不要怕。

得知九儿肠胃不好，便每天按时按点地短信提醒她该吃饭了，注意不要吃哪些食物。

得知九儿喜好零食，便上网一种一种精挑细选，既是她爱吃的，又不损伤胃的。

桩桩件件，别说九儿，就连身边的朋友都为之感动了。

可是九儿依旧态度模糊。

于修越来越觉得自己猜不透九儿的心思，有时她会很依赖自己，在夜深人静时会打电话与他聊上几个小时；有时对他的付出又十分冷漠，仿佛事不关己一般。每每节日，他送出的礼物她并不拒绝，而是还了等价的东西给自己。所以有时于修会觉得他们已然就是情侣，可是说是情侣，却连一次正经的约会、一次牵手都没有。越是这样，于修便越想要靠近，而他越靠近，她便逃得更快。

他迷茫了，从最初的只是想要保护到最后已然变成一片深情。

于修的好，九儿不是不知。

她无法理清自己对他究竟是怎样的情感，但却很清楚自己没有走出上一段恋情，关于那个他与那些往事，她只字不提，不是不想而是不敢。

若说没有感动，也是不可能的。

只是她清楚，这样的感动并不是喜欢、并不是爱。她曾想要明确地拒绝，但心头除了有一丝不忍还有一丝不舍。

她将自己埋藏了整整 3 年，他便就这样不离不弃地陪了她 3 年。

直到有一天，于修在九儿朋友的鼓动下，抱着一大束玫瑰来到她的面前，问她是否可以接受自己，九儿犹豫了许久，终是摇头。

她不敢去看他失望的目光，却也不想再继续这样纠缠下去。

她折磨了自己 3 年，也同样折磨了眼前这个男孩 3 年，是该结束了。

想过无数感激与抱歉的话，最终也只是说了一句对不起。

结束，真的不需要太多言语，只三个字便可以清清楚楚地斩断一切。

如同当初的九儿一般。

于修有太多的疑问，最终还是吞入腹中。

他用力地掐着手心，站在原地，看着九儿渐走渐远的背影，堂堂七尺男儿，竟也红了眼眶。

若是不喜欢，又为何不早早给我一个了断?

若是无意，又为何总在我想要放弃的时候，给我一丝希望?

他未曾说出口，是因为知道，九儿虽未言明，却一直态度分明，只当他是朋友。

久久不愿放弃，大多是因为不甘心吧。

5

于修终是离开了。

没有人知道他去了哪座城市，他也不再联系身边的朋友，只是留下一句，去新的地方，也许会有新的际遇。

朋友们都骂九儿不懂珍惜，这样待她的男生一辈子能够遇到几个?

九儿的心也随着于修的离开变得有些空落落的，她只道是因为习惯，或许，只是因为习惯吧……

九儿自己心中清楚，这份深情她就算接受，也怕终有一天会辜负。

她不愿辜负，更怕被辜负。

爱与不爱，并不是这个人有多好或是对自己有多好。

之所以从那之后一直独身，大概便是因为感觉这个东西最是难以捉摸，谁也说不准，什么时候，它说变就变了。

于修曾经问过九儿，若是在他们之初他便出现，九儿是否会对他动心。九儿认真思索了良久，最终还是摇头，爱与不爱，在她的心中有一道太清楚的分界线，但九儿并不否认，或许那一段感情直接干扰了她的判断。

也许是因为这个答案，于修才离开的吧。

放下，有时只要一个理由与一段时间。

很长一段时间，他们都没有再联系。直到有一天深夜，九儿看到他在朋友圈发的一条消息，心狠狠地痛了一下。

他说——

在我消逝在追逐你的时光中，某个夜里你的手机突然响起，你会不会恍惚觉得还是我的温柔?

她疼——

是因为知道，这样漫长的疼痛，她也曾经经历。

现在却加注在这样一个无辜的人身上。

那一夜，她翻开他的朋友圈，一条一条地看。在那些她不肯放过自己的日子里，他的朋友圈几乎每一条都与她有关。曾经觉得厌烦的、拒绝的，在离别这么久的日子里，却是清楚地在字里行间看出他的用心与深情。

我们终是在辜负与被辜负的世界里，坚强地彼此折磨吧？

对他，九儿难过的是没有好好地、郑重地和他说一声对不起，遗憾的是这声抱歉在将来也未必会有机会说出口。有太多的情绪，在长大后，我们只能藏在心中。

只是，她突然觉得，有一些东西，也是时候该放下了……

而那个远方的人，或许也该得到自己的幸福。

于是，她在朋友圈中写下：

愿你在那一城安好。

愿我们的深情从此不再被辜负。

时光是带着魔法棒的老者，有一天他会挥动他的魔法棒，让阳光重现在受过伤的人们心中。

我不知道九儿和于修还有没有机会在一起，但我相信：

时光不老，真心不灭。

所有的等待都会有结果，而所有的期许也会有收获，或许，在于修看到这条微博的时候，他会感受到来自远方的牵挂与期盼。

人生，总归该有期盼。

说不定在哪一个不经意的瞬间，便绽出繁花……

我在远方，许你一生

或许有很多人觉得，等待不一定有结果；付出也不一定有收获。

但我依然想告诉大家一个关于等待和守候的故事。

故事很简单，但也很圆满，或许只有这些充满苦涩滋味的幸福，才能让太多麻木而绝望的心，重新滋生出希望。

这些故事，都是真实的，发生在我的身边，我的朋友身边，每一个故事都是一朵释放暖意的希望之花，洒向世界每一个需要希望和阳光的角落。

表姐结婚的前一晚，抱着我嚎啕大哭了一场。

我没有询问，也没有安慰，只是一下一下轻轻拍着她的后背。

她哭，是因为幸福。

因为所有需要对抗的因素全都完成了，她终是得偿所愿嫁给了姐夫，那个在她大学时期便已经认准了的新郎，此刻坐在我们的对面，眼眶微红。

传统新婚前一夜新娘和新郎是不可以见面的，但他们完全没有理会这些世俗的观念，思念已经让他们无法再忍受一刻的分别，迫切地渴望拥抱着彼此，感受彼此真实的体温，而不再是相隔两地的冰冷声音，和干枯机械的文字。

而我，此刻却尴尬地坐在他们的中间，想要退出手却又被表姐紧紧地握住。

我想，我理解她现在的心情。

那么期待、渴望，却又害怕、退缩。

表姐的这一路爱情长跑我是看着过来的。

她与姐夫在大学时相识、相恋，像许多人一样携手走到了大四，那些坚贞的、深情的、刻骨的爱情都突然面临严峻的考验，小情侣们面临突如其来的分离，不知所措。

而那时候，不善言辞的姐夫，只对表姐说了一句：

等我。

然后他们便开始了漫长的异地恋。

姐夫到了沿海城市打拼，表姐便回到家乡，听从父母的安排，在事业单位找了个闲职，每天朝九晚五，曾经热烈的爱情仿佛突然降温，在这期间，姐夫没有来找过表姐，表姐也没有去找过姐夫，而作为旁观者的我，也不曾知道两人有什么联系的消息。

就这样简单的两个字，愣是让两个年轻人固守着彼此的阵地，除了偶尔微信 QQ 上聊天，连电话都很少打，而家里人除了我是知情者外，也没有人知道还有这么一个姐夫的存在。我很难想象这是多么坚固的感情，才能接受这样的异地相隔。

时间一晃就过去两年。

期间，有人追求表姐，她都没有明确拒绝。

那时候我以为表姐快要支撑不下去了，毕竟，对于一个女生来说，青春何其短暂，而这一等就是几年。况且，对于这个漂泊在外，毫无稳定性和预知性的姐夫，我也是不怎么看好，也乐得支持表姐在家乡找个可靠的男人，安稳度日。

可是表姐的态度总是这样不温不火，虽然没有明确拒绝那些追求她的男生，但每次邀约，她总是找借口不去。眼看着岁数一年一年往上长，父母也越来越着急，最后明令她一定要在今年完成人生大事。

于是，她将 QQ 签名改成了：

时至，今年。

后来我想，那时候表姐没有明确拒绝那些追求她的男生，不过是放了一个烟雾弹，不知是为了迷惑家人，还是迷惑自己？亦或者是她自己心中也不像表现出来的那样坚定，连她也是有些不确定的吧？

他真的会如约回来娶她吗？

是啊，身处两座城市，那些未知性与变数带来的恐惧无法想象。她想要坚持自己心中的爱情，却又害怕终是一场空。

何况女生，最经不起的就是等待。

眼看着日子一天一天过去，越来越接近年尾，父母的眼神也越来越有压迫性。可是姐夫还是没有丝毫动静。

我总是在姐姐耳旁念叨着谁谁谁个性不错，谁谁谁又生得好看，谁谁谁是支潜力股，表姐总是平静地听着，然后温和地笑着凝思，像是真的在听我比较，谁比较可以取舍，末了却终是没有下文。

她以她最为温雅的个性，做着最为坚持的等待。

终于，姐夫回来了。

没有身披金甲圣衣，没有驾着七彩祥云，他以最为平凡的姿态出现在我们大家面前，出现在表姐面前，告诉表姐父母说，他要娶她。

没有精彩的语言，他只是握着表姐的手，满目坚定：

我要娶她。

表姐笑了。

笑容里有太多的酸楚和释然。

仿佛一切等待，终究结了果。

没有多久，婚礼的日期便定了下来。

我是伴娘，新婚前一夜表姐要我陪着她，在不大的房间里，姐夫坐在她的对面，两人相视无语，只有泪眼。

那是印象中这些年来，姐姐唯一哭过的一次。

那时候的我无法理解，为什么喜悦要用泪水来表达。

后来，自己成长、经历了许多，姐姐的故事让我觉得羡慕，那时候起，我就总想要一场轰轰烈烈的爱情，但不能像姐姐那样一等多年，我一定要在最轰轰烈烈的年纪，拥有最轰轰烈烈的爱情。

于是，我真的就在那个年纪，在那就连忧愁也渲染得惊天动地的年纪里，用力去爱。爱过了，痛过了，走过了，错过了，最后落得满身伤痕。

也许，只有经历过的人，才会理解什么是：

最沉默的伤，最痛。

再见到表姐，是我刚失恋的时候，刚生完孩子的表姐并没有多大变化，岁月似乎并没有在她的身上留下痕迹。

我问："为什么我遇不到像姐夫这样的人？"

她笑笑，转身将孩子递到姐夫怀里，拉着我的手说：“静静地等待吧，终有一天你会遇到的。”

那一刻，我好像突然明白了为什么新婚前夜表姐会哭得一发不可收拾。

在我们看来，恋爱时每天都要粘在一起，恨不得向全世界证明眼前这个人已经被预定，谁也不准来犯。电话未接、信息回得稍慢都可以引起众多猜疑，我们害怕失去却又不断地在彼此伤害。

却忘了握得越紧，越容易失去。

而那一切一切的表现，不正是爱情不牢固的表现吗？

可那时的表姐呢？

没有过多的联系，只有一句：等我。

若不是深信这个人的品格与彼此之间的爱，在两个不同的城市里，每天要遇到多少不同的人、发生多少不同的事，谁敢就这样赌上自己的青春？

表姐告诉我，那一夜其实有许多话想要对她前面这个等待多年的男人说，可是终究都化为泪水。

她不懂他在那个城市里打拼得有多辛苦，每晚回归后看着陌生的城市、孤冷的夜有多难挨。

他不懂她在她的城市里，面对父母的压力，面对别人的闲言碎语还可以坚守多久。

他们不敢轻意去试探彼此，却又默默地坚守着。

只因为，他们坚信。

那是一种无法用言语表达的信仰。

后来，姐夫终是留在表姐所在的城市里。

他在外拼博多年，未挣到大钱，但也足以开家小店，满足一家人的生活。

有一次，我问姐夫：“为什么不将表姐带到那个沿海的城市，在我们的概念中，男人总是要拼博的，蜗居小县城里不会有多大出息。”

他凝视着表姐说：“那样的苦，我受过她便不必再受。不管哪座城，哪片天，有她安在才是家。所有风景，敌不过她浅浅一笑；宇宙苍穹，比不过她温暖臂弯。”

大抵只有真正知道自己要什么并始终去追求的人，才会幸福吧。

很多年之后，我依然记得姐夫那句话——

那一城，终一人。

有她安在才是家。

所有的风景，敌不过她浅浅一笑；宇宙苍穹，比不过她温暖臂弯。

只要爱过，便是一生一世

我之所以回到老家，其实是因为失恋，人心凉薄让我格外想念家的温暖，痛苦之余决定回家疗伤。

家里有疼我的外公外婆，还有爸妈和亲人。可看到表姐幸福的模样，我突然就明白了很多事情，也想通了很多，心里的伤都不那么痛了。

爱，不一定要轰轰烈烈，也不一定非得细水长流。

爱，是一种感觉，也是一种信仰，可以转瞬即逝，也可以一瞬永恒。

爱，不一定要拥有，不一定要持久。

因为，只要爱过，便是一生一世。

之后的日子颇为平淡，外公外婆马上要金婚，家里人都为这个事情忙碌着，只有我闲得无聊，便联系了家乡的朋友，阮阮是我上初中时的玩伴，我们俩已经很久未见，听说我回来了，立刻跑到我家看我，完了非得拉我去电影院。

既然失恋，那就看一个美好的故事来弥补缺憾吧！

这么想着，就跟她出了门。却不想，故事的高潮，谢霆锋饰演的赵永远和高圆圆饰演的安然和好时，因为飞机撞击美国的一座大厦，从此安然和永远天人两别。故事的结局，安然坐在公交车上，回想起这些年的往事，没有太多的悲伤落于眉间，只是低声感叹：

只要爱过，便是一生一世。

她的笑容恬静，没有太多的痛苦和难过。或许每个人的观点不同，我一直以为两个人只有白头到老才是对爱情最好的诠释。

外婆外公金婚的那天，我一直陪着外婆，感叹于外公外婆牢固的感情，突然就想到了电影里的情节。当我和她说到这里时，外婆的眼神从洁白的婚纱上依依不舍地离开看着我：“真是小孩子，在一起都那么不容易，更何况是一辈子。”

“可你和外公不就是这样吗？”

“那还不是我包容她，不然她的脾气谁能受得了？”外公从宾客名单中抬起眼来，调侃外婆。

“那还不是因为你每次都不占理。”外婆不屑地嗤笑。

两个人又开始你一言我一语地吵闹起来。

记忆中，外公外婆一直都是这个样子，两个人嘴巴互不相让，却偏偏把对方惦记在心里，就这样过了半个世纪，今年便是第50年，人们口中几辈子修来的金婚。外婆觉得年轻的时候婚礼不够隆重，所以家里人决定给他们补办婚礼。那件婚纱是外公陪她买的，据说花掉了外公所有的私房钱。

现代人的爱情多半是不成功的。

要么苦于终成眷属的厌倦，要么苦于未修成眷属的悲哀。

像外公外婆这样是极少数，可这并不代表没有真正走到最后的爱情不是爱情。

爱情应该是一潭泥沼，一旦陷入就会越来越深，吸引着恋爱中的男女不断做着傻事，这其中最傻的还是女人：

从开始的信任、温柔体贴，变得敏感、多疑，甚至无理取闹，慢慢丢弃了当初的自己。

但这无论多么差强人意也终归是爱情的表现。

或许分别经年之后回想起当年改变自己的这个人仍然满眼笑意，也或许在某个街角相遇，你或哭泣或沉默，但最终你们再也不可能是陌生人。如果是这样，只能说是时间淘汰掉了不太适合我们的人。

可是时间会记得你们相爱过。

如果仅是这样还好，不是有人说过嘛，爱情只有三种结果：

一是白头偕老；

二是相见陌生；

三是你死我活。

最后一个听起来可能有些惨烈，但这里说的未必全部都是彼此相爱成仇的故事，也有可能是天人两别。

两情相悦，但上帝不允许他们留在彼此身边。

像电影所讲述的那样。

也同我的祖父那样。

对于祖父，家人尽管尽心尽力地照料，可父亲还是觉得让一个老人独自一人生活 40 年太过冷清。

父亲曾劝说祖父寻找一个伴侣，就算不是年少相爱，但有人相伴总是好的。

当然这是好多年前父亲说的，此后都不敢再提。

因为这句话引发了家庭有史以来最大的争吵，祖父横眉竖眼指责父亲不孝，命令所有人打消给他寻找伴侣的念头。

听父亲说，祖母在一次地震中去世，那时父亲 6 岁，从此就和祖父相依为命。最初父亲以为祖父怕他有了后母之后生活得不好，却在这次争吵后不小心看到祖父抱着祖母的遗像一边摩挲一边喃喃自语，才知道，祖父承诺过一生只有她这一个妻子，就因为这一句承诺之后便孑然一身。

一生只爱一个人。

这是听过的最让我心动的爱情故事。

红尘俗世中太多力不能及。我们不能改变命运，改变结果，就只能承受生活给我们的美好、永恒或是分离，生活从不过问，只是一股脑儿地塞给我们。

白头偕老的我们说是爱情。

曾经美好过的我们说是爱情。

后来出于无奈即使再也不能相见的我们也称之为爱情。

只不过平平安安本不容易，风霜与共又何其困难？

可是在这个世界上，依然有一种爱——

只要爱过，便是一生一世。

在这个世界上，有一种爱，
只要爱过，便是一生一世。

守望

为什么有些人的爱情可以经得起时间的考验?

而有些人的爱，随着时间，就湮灭了呢?

我一直记得阮阮问我这句话的时候，眼底深邃刻骨悲凉。

外公外婆婚礼结束的时候，我看到了阮阮，因为父辈都住得近，旧时邻居多半有来，也算是见证了外公外婆这一生的爱情。阮阮是跟她爸妈一起来的，宾客太多我忙着招呼客人，直到现在才来得及找她。

听到她这么问，又看到这个本应该无忧无虑享受青春的女孩子眼底深刻的伤痕，才察觉，原来这些年，阮阮也有了自己的故事，然后很自然就想到那些年跟阮阮在一起形影不离的小男生。

原来，我们都已经不是多年前那没心没肺的野孩子了……

阮阮说她第一个认识的男孩就是陈倪东。

我们这个小城虽然算不上繁华,但也是江南水乡,依山傍水,美得不像话。

陈阮两家交好,连孩子都同年同月同日生。在阮阮的记忆中,上学前的六年里就只有陈倪东这一个朋友。

年少的日子简单又纯粹，那时候阮阮刚刚五岁便带着陈倪东一起去城边的小贩那里和阿姨讨糖吃。阮阮生得漂亮，陈倪东小小的鼻子上却总是挂着清涕，那个模样一点都不美好。就因为这个阮阮每次都能多得到一块糖。

小倪东张开嘴巴向妈妈炫耀，一不小心就把糖果掉到了地上，小倪东哇哇大哭，阮阮心疼地擦去他的眼泪，奶声奶气告诉他：“东东不哭，这块糖也给你。”

说着便毫不犹豫掏出糖果。

看着小倪东破涕为笑的样子阮阮也开心地笑了起来，挠挠头有些懊悔地说：“应该一早就给你的，这样你就不会哭了。”

年少的感情永远很简单。

因为一颗甜蜜的糖果便眉眼皆笑，小小的人不知道什么叫做喜欢，只知道看到你开心，我的心情也变得明朗起来。

好长一段时间里，他们的世界只有彼此。

倪东的生日，阮阮是唯一陪伴他的女孩，放学的路上他们并肩而行。阳光从树叶的缝隙中投出点点斑驳，也将他们的影子拉得越来越长。

小小的他们在长大，小小的他们在变化。

他们还同以前一样亲密，只不过身边的世界在不断扩大，年少的别扭让他们用不与山水共舞的纠结挑剔着彼此。

时光荏苒，两人出落得越发标致。

高中新生报到的操场上，一个男生对陈倪东说："你身边的女孩长得真漂亮。"

陈倪东稍稍低头，以鄙夷的眼神看了阮阮一眼，不紧不慢地开口："她还能算得上漂亮？"

"我就算再好，你也不懂我的好。"女孩呛声。

男生讪讪的摸了摸鼻子有点无辜："都这么多年了，再好看也有审美疲劳好不好？"

阮阮听到他的解释羞怯地低下头红了脸。

是从什么时候开始的呢？

陈倪东的身边不再只有阮阮。

听朋友说陈倪东交了女朋友，阮阮从那时便开始避着他。女孩永远比男孩早熟许多，阮阮明白，就算他不该早恋，但只要他喜欢的她就不应该去打扰，至少东东是喜欢单独和那个女生在一起的吧，阮阮想。

陈倪东到底还是小男孩，身边的女朋友换了一个又一个。

可阮阮却从未谈过恋爱。

直到有一天阮阮哭着去找陈倪东。

“除了哭你还会做什么？”陈倪东一副不耐烦的样子。

曾经的少年，你一定是忘了当年在丽风和日下，你眼前的女孩是以一种怎样的姿态把最爱的糖果送到你的面前。

到底什么是喜欢呢？

阮阮第一次明白了，有一种感情，可以让人这么难过。

喜欢，不是每日互道晚安，也不是甜言蜜语说不尽，而是在你最无助时看见那个人的心安。

那种以为可以被捧在手心，无忧无虑，毫无缘由的依赖。

喜欢就是在这个人面前，就算他恶语相向，你也愿意将伤心难过的事说给他听——

“有一个学长在追求我，每天都在班里堵我，我害怕。”

“谁愿意管你的破事！”陈倪东的语气有突如其来的烦躁，甚至有隐隐的怒气，他说着，便头也不回地走开。

第二天，那个学长鼻青脸肿地冲进阮阮班里。

“你以为自己多了不起吗？竟然找人来打我！”

阮阮有些莫名其妙。她找谁了？

东东？

对的，好像也只有陈倪东了。

少年的心思真是难以捉摸，可是阮阮的心里，却像是有东西融化开了。看着学长负气走开，白净的脸庞又泛起了笑容。

人们常说毕业季也是分手季。

果不其然，陈倪东在毕业后和现任女友分手，痛苦之下决定离开这里去北京发展，他走的时候，甚至没有跟阮阮说一声。

故事是否很奇怪，陈倪东的离开，竟然和阮阮没有任何关系。

他们的故事百转千回，寸寸柔肠。

青梅还在，竹马未老。

尽管他们发生过太多隐晦的甜蜜，然而兜兜转转终究是走散。

谁都以为他们会在一起的，然而故事的开头总是这样恰逢其会，猝不及防，故事的结局也总是这样花开两朵，天各一方。

陈倪东离开的前一晚叫了几个朋友聚餐，从未喝过酒的阮阮在那一晚喝得烂醉如泥，恍然间她趁着酒意来袭顺势倒在他的身上，呢喃间将隐藏了十几年的小心思全盘托出：

“为什么不是我？有过这么多个女孩……可，这么多年为什么唯独不是我？”

呢哝软语句句伤心，字字深情。

恍惚中，她似乎听到陈倪东的声音——

“不是你不好，也不是你对我不好，只是，岁月太漫长，漫长到我熟悉你就像熟悉我自己，熟悉到让我分不清对你是究竟是喜欢？是亲情？还是爱？”

原来这就是答案。

天下之大，她倾尽全部去依赖，原来终究不过一场空。

陈倪东离开了。

就在他离开的第 279 天，阮阮终于忍受不住没有他的孤寂。

这个世界上，有一种爱，是我可以看着你在别人面前言谈甚欢，把酒赋诗，而我不需要做你眼里的人，我只求你能给我欣赏你光影的机会。

阮阮终于还是下定决心去了北京。

她第一时间想和陈倪东联系，却得知他已离开这座城市。

原来他的脚步从来都不曾为她逗留，分开的 279 天已经可以将两个人情谊撕扯得如此不堪。

那个冷风弥漫的城市有多少街道，街道又有多少霓虹，街边的小吃哪个更加美味都被阮阮一一摸透。她独自一人在北京呆了三年，理由只有一个：

这是陈倪东梦想开始的地方，也许有一天他会回到这里。

可是阮阮错了。

后来陈倪东去过好多城市，也拥有过好多份工作，却从未再次踏足北京。不知是故意躲她还是真的此生缘分已尽。

阮阮在得知陈倪东又换了一份工作之后，决定回家，回到那个童年里只属于彼此的地方。

那里小桥流水回忆温暖。她找到了一个薪水可观的工作却没有搬离那个交通不便的家。她想，这里也是他的家，是小时候每天上学放学的长长回忆，也只有在这个地方她早晚会等到他，他也早晚会回来。

终于，就在去年，陈倪东回到了老家，身边带着一个身姿绰约的姑娘。

听说他是回来结婚的。

听说他在外面打拼得风生水起。

听说他们的婚礼将在那个繁华的大城市举行。

听说，他们要举家搬离。

听说，他再也不会回到这里……

有时候我们等一个人，等了一辈子都等不到，有时候已经忘了那个人的音容笑貌，却依然不肯洒脱放弃，痴情终究感动人心，只是，这般深情最终是感动了路人，还是感动了自己?

痴爱一生，有时候不过是执念一生。

但执念，却偏偏是让爱情充满温暖和真挚的不可或缺的部分。

第二部分：深情密码

——《深情密码》里面有一句很经典的话：只要活着一天，就没有资格说遗憾，遗憾是留给离开的人说的。

爱，是我的盔甲

我们一天天长大，从最初的懵懂，到少女时代对爱情充满幻想和憧憬，再经历重重磨难，终有一天，我们会明白，何为深情。

无聊的时候，我喜欢浏览网页，逛一逛博客，在网络世界里捕捉那虚拟却又无比真实的感动。

这里有一篇帖子：

1

一对老夫妻，妻子有严重的洁癖，丈夫却正相反，很不讲个人卫生，又不喜欢做家务，夫妻两人经常为这件事吵架，妻子骂丈夫脏、臭、身上味道恶心、懒得像猪，什么难听的词儿都用上了，丈夫却依然故我。

所有人都没想到，在生活上这么不合拍的一对夫妻，居然吵吵嚷嚷始终没有离婚。几十年过去，在他们过完银婚纪念日的第二天，老太太忽然被送进医院，经过诊断，她患上了帕金森综合症。

儿女们都劝老父亲把她留在疗养院里，他们很清楚父亲被母亲照顾了一辈子，连起码的清洁房屋都不会，又怎么伺候病人?

谁知父亲十分坚持，将老太太接出医院带回了家。

多年过去，再到他们家做客的人都深深地感到惊讶——

那间小小的二人居所被打扫得窗明几净，老太太丝毫未见消瘦，面色红润健康。虽然坐在轮椅里目光呆滞，流着口水，老头儿却耐心地一再帮她擦干净。老两口身上的衣服十分整洁，散发着老太太最喜欢的柠檬香皂味道。房间里甚至还养了几盆花草，青翠欲滴，洋溢着勃勃生机。

我们以为老头儿找了保姆或者保洁员，后来跟他聊天才知道，他谁也没找，完全是自己一点点学着照顾病人，清理房间，烧饭做菜，洗衣叠衣……

有什么不会的就问邻居和儿女，甚至学会了上网查找菜谱和养花妙招。这些年，他给老伴儿接屎接尿，洗澡刷牙，照顾得无微不至，自己也打理得清清爽爽，彻底改变了生活习惯。

亲友们都佩服他，老头儿却一本正经地纠正：

“我老婆才值得佩服，我想到自己以前那么邋遢，她居然可以忍我那么多年，就觉得她是真的爱我。所以我还她多少，都是应该。”

他掰着手指头给大家算：

“她忍了我半辈子，我再忍她半辈子，我们俩凑到一起就是一辈子，这才是圆满。”

两个半辈子，加起来才是一辈子，才是圆满。

我在微博里看到这则故事时，心中满满都是感动，很自然就想到一个朋友的事情。

和小新认识是在网络，她是我一个笔友。我们曾亲密分享彼此所有的秘密，却从来没有兴起过见面的想法，按照小新的说法，那就是要保持神秘感。见到面了，反而会有些隔阂，怕是不能像网络上那般随心所欲地宣泄内心的情感，互相吐槽周身糟心的事。

而小新的爱情故事，可以说是我知道的所有现实发生故事里最感人的一段。

故事的男主人公叫杜一。

就跟和我相识的方式差不多，小新和杜一也是在网络上相识的。为了自己喜欢的工作，小新选择背井离乡独自一人在外打拼。闲暇时便会上网打发时间，也是无意间和杜一相识，发现两人之间竟有那么多的共通点，时间一久便相互产生好感，确定了关系。

两人第一次见面，是在新年。

杜一所在的城市离小新的家乡只有 1 个小时的车程，于是过年小新回家时，杜一便开车去见了小新。

短短几天相处让两人的感情迅速升温，也更加认定了彼此的选择。

在年假快要结束时，杜一开车带着小新来到自己的城市，介绍自己的朋友给她认识。他很认真地介绍着自己相处了 10 多年的兄弟，并要小新留好他们的手机，他怕万一自己在忙或是因为什么事情没有收到小新的消息时，小新也可以通过他们得知他的情况，不会因此而忧心或是胡思乱想。

离开的前一晚，杜一开车带她来到海边。

看着金黄色的太阳从海的那一头缓缓升起，美不胜收，小新依偎在杜一的怀中，无声落泪。相处的时间总是太过短暂，可是分别又是无可奈何的事。

她舍弃不下自己在另一座城的梦想，而他也无法丢弃自己多年打拼的事业随她去闯。

2

也是在那个清晨，小新用浓厚的鼻音对杜一说："等我回来，最多一年。"

"好，我等你。"

于是，两人开始了漫长的异地恋。

每天晨醒，会收到彼此的早安吻，虽然隔着手机却依旧可以感受到对方的心。一天忙碌的工作，在稍闲暇时便会给对方发个消息，哪怕只是一句简单的想你，也足以令另一方甜上一天。

因为身处不同的城市，每天都会发生许多对方并不知道的事，所以两个人更加小心翼翼地维护着这段感情。

可是，明明有了另外一半，有时，内心却还是那么孤寂。

就像夜里，突然做噩梦惊醒的小新，看着黑洞洞的房间，下意识地想起了杜一，想要听到他的声音，可是掏出手机一看时间，却又只能默默地放下。

那个时间，杜一应该早就休息了。

她不愿吵醒他。

最后，便看着窗外一点一点透亮。

就像受了委屈的时候，眼泪明明已经落下，但杜一紧张询问她到底怎么了的时候，还得努力笑出声响说没事，只是他听错了。

因为异地而处，无法第一时间给对方安慰和拥抱，只能将自己照顾好，尽量不让对方担心，尽量给对方安全感，或是让这段感情安全。

网上有一个很流行的段子，说的便是异地恋：

他们说，你的城市下雨了，我却不敢问你是否带了伞，因为如果你没有，我却没有办法送到你的身边。

他的城市多雨，她的城市多雪。

两人除了让对方注意保暖之外，再也不知如何多给对方一些关心。

2015 年 11 月，北京下了第一场雪。

小新醒来时便看到外面飘落着的大雪，打开窗凉风喷涌而来，她紧了紧衣服，便拿出手机发微信给杜一：

北京，下雪了。

我知道。

几乎是第一时间，杜一的微信便回复了过来，小新看了看手机上的时间，6 点整。一般来说，这个时间杜一都在睡觉，今天怎么这么早便醒来了？

微信里询问的字还没有打完，杜一的消息又传了过来：

开门。

她一惊。

有种不敢置信的惊讶。

下一刻，她飞奔到窗口：

杜一满脸疲惫地站在楼下，鹅毛大雪将他乌黑的发染得雪白，他的眉毛结了霜，睫毛也结了霜，唯有眼睛亮晶晶地呈现出异样的光彩。他在雪地里跺着脚，鼻息的雾气弥漫了容颜，只能看到他手中拎着热腾腾的早餐，咧着嘴巴冲她笑。

小新飞一样冲下楼，打开门。

她扑进他的怀里，才惊觉他的身上竟没有一丝温度，她不由眼眶发烫。感动像火山爆发般汹涌蓬勃将她的理智淹没，愣了好久，才记起将他拉进屋，随手将早餐放在桌上，双手捂着他的脸，心疼又责备。

“什么时候来的？”

“半夜的飞机。昨天看了天气预报，知道今天北京下雪，就赶过来了。你不是一直想和我一起看雪吗？”

“那凌晨也该到了，你在哪儿，怎么不让我去接你。”

“北京真的太冷了，我怕冻着你。再说，我也知道你住哪儿，只是怕吵醒你一直在小区楼下等着，想着你一醒来肯定要给我发消息，我再买好早餐给你个惊喜。不是一直嫌我不浪漫吗？今天我也浪漫一次。”

她双眼含泪，不知该如何言语。

那还是曾经在微博上看到的一个小插曲，上面说了情侣之间应该做的一百件事，当时就截图给他看，他问她，最想做的一件事是什么？

她答：只想跟你一起看一场雪。

她说，她最喜大雪纷飞的样子，那一瞬，如白梅飘零，繁花盛开。

可是她没有想到，杜一真的会不声不响便出现在她的面前，就在北京第一场雪纷飞的那一刻，他还记得他的承诺。

窗外的雪，徐徐而落，她的心却满满地全是暖意。

相约的一年之期其实早已经过了，除了在约定的时间里杜一曾问过她何时回去之外，便再也没有给过她压力。有时候吵架，她也会想过要放弃这段感情，可是杜一却一直坚定、坚守着，说什么也不放弃。

这一刻，小新看着躺在被窝里侧头注视着自己一举一动的男人，内心仿佛注入了无穷的勇气。

一座城，有多值得留恋？

想着这一路走来他为自己的付出，且不说与他回去，哪怕陪他奔走天涯又有何惧？有他在，在哪座城里不会繁花盛开？

“杜一，我们回去吧。”

“你不是最爱北京这座城市吗？”

“北京太冷了。”

“可北京的雪很美……”

“暖气太干了。”

“……”

“这里没有你……”

“好。”

3

小新无疑是幸福的。

每每在网上看那些好男人的标准，每一条对照过去，杜一全都合格。

她曾说过，北京的暖气太干，第二天快递便将加湿器送上了门。她曾经在夜里看着美食流口水，不一会儿外卖送上了门。她曾经感冒忍着不愿去医院看，在聊天时小心地不让杜一知道，可是不一会儿自己的好友便送药上门。

尽管他不在身边，可是却用了他所有的方式去守护这段感情。

他不怎么会说话，有的时候嘴很笨。他害怕听到小新哭，每每听到小新强忍哭声时，便会默默地不言不语。看到杜一无动于衷，视频里只有他面无表情的脸时，小新气极关掉了视频，觉得他不关心自己，他也从不解释。

只是第二天再忙，也会抽出时间陪着小新，哪怕不说话，就这样陪着她，任由她对自己发脾气。

或许他不知如何用小新的方式去爱她，但他却用着自己的方式在陪伴她。

有时候小新会疑惑，他真的就没有想过要放弃吗？

其实，曾经杜一是放弃过一次的。

那时候杜一家里发生了一些事情，他不想让小新担心，但言谈之间总是有些心不在焉，小新询问他也只说累了。

女生大多天性敏感。对于另一方的不对劲，第一时间便可以感觉到，尽管对方还是做着每天都做的事，说着每天都说的话，但细微的差异总是可以轻易察觉。而小新也如同大多数的女生一般，会胡思乱想。

那段时间，小新开始试图用各种方式去证明他还是一如从前一般爱自己，因为不在身边，各种变化、各种因素都可能发生。

她不确定他身边会不会出现比自己更好的女子？

她不确定这么久的异地相隔会不会磨淡了感情？

她不确定漫长的夜里，没有她在身边他会不会寂寞？

她不确定他是否还会认为这样的爱情是他想要的？

尽管心中相信他，却不敢相信这个并不怎么优秀的自己足以令他固守不变。

于是——

争吵、无理取闹、患得患失……

杜一细微的情绪变化都能让小新成为惊弓之鸟。

争吵和埋怨质疑，成为那一段时间必然上演的戏码。

他不再在她生气之后无条件地哄她，也不会在她关机后发来许多的消息，一切在他看来似乎都变得无所谓。

小新怎么也想不明白，为什么两人之间突然就会变成这样。

原本只是一件很小的事，可是最后却因为彼此的态度像滚雪球一般，越滚越大，最后心灰意冷。

终于，小新想到了放弃。

她对他说：“算了吧。”

他也只是沉吟了一下，问她：“是认真的吗？”或许小新原是想挽回，可是听到对方冷静的声音，心沉到了谷底。

小新一咬牙，说：“是。”

挂断了电话。

那段时间，对于他们两个人来说，都是难熬的。

要不说呢，感情不能作，一作便会将所有推翻。那些过去的好、过去的甜蜜在失去后翻涌而来，夜不能寐。

小新发现，原来她已经离不开他……

最终，复合也是小新提出来的。

杜一原也是舍不得，只是他生性不爱纠缠，亦不懂女生的想法，只知道对方想要放弃时，即使是爱着的，也会忍痛放手。

所以，当小新提出复合时，他立刻就答应了。

很长一段时间，彼此都小心地维护着这段失而复得的感情，不敢对对方有过多的要求，分明应该亲密却又隔着什么怎么也无法靠近对方的心。

直到一次，凌晨三点多。

杜一给小新打来了电话，在电话里默默地叹息了一声，只是一句："老婆，让你受委屈了……"

小新的泪水便再也忍不住了。

那一次长谈，小新将自己所有的委屈、不满与疑惑全都说了出来，杜一耐心地一一解释，最后又将自己的想法说了出来。

那一夜，他们聊到了天亮，内心却是从未有的轻快，仿佛一切阴郁都豁然开朗，两颗心重新靠近，就像从来没有彼此伤害过一样，甚至，比以前爱得更深。也是在那一夜之后，杜一在心中默默发誓，从此再不对小新发脾气、再不让她受委屈、再不轻易让她流眼泪。

有时候，爱是彼此的软肋。

一不小心，便会刺痛对方。

在回他的城市之前，她也曾幻想过在一起生活的景象。

日出，她做好早餐唤他醒来，然后亲吻彼此，一起外出工作。晚上，回到家中，她做饭他帮忙，窝在一起一边看着电影一边吃饭。饭后，一起到附近的公园散步聊天。周末的时候，可以请上他的好友，在家中聚餐。

这样的日子，她怎能不向往。

她也是想过早早随他去他的城市的。

只是那次吵架之后，终究在她心底留下些阴影，她心生害怕，真的要这样不顾一切跟他离开吗？可她害怕过去后如果两人再次吵架，自己就会连个出走的地方都没有。更害怕，日日相处，新鲜感不再，平淡如水的生活会淡化彼此之间的爱情。

有太多的人，爱到深处，反而忘了最初是如何用力去爱过对方的。

但如今，这些不安被杜一用行动一一化解。

于是，她下定决心跟他回城。

她了解杜一，杜一一直是个不懂浪漫的人，在杜一的概念中，最美不是烟花灿烂，而是开水白饭。没有什么比两个人默默相守至老更加浪漫，细水才能够长流，他想要的是一生并非一时。

想通了这些，小新便不再害怕。

真正的勇敢，是带着恐惧前行……

4

南方多雨，天气潮湿。

所幸小新适应能力强，何况这原本是她的故土，便很快就习惯了。

刚开始小新没有找到工作，杜一也不愿意让她再辛苦，于是她便心安理得地休息了一段时间。

那段时间里，每天清晨，杜一会买好早餐放在她的床上，给了早安吻之后才去上班。中午，杜一回家时，会有热腾腾的饭菜。晚上，杜一会争着洗碗，不让小新拖地。他说，带她回来是不舍她一个人在外吃苦，并非找个人回来做家务。

他虽不擅言辞却在行动中表达。

周末，小新做上火锅，安静地坐在杜一身边，听他与朋友们聊天调侃，其乐融融。所有的朋友在离开时，都警告杜一一定要对小新好，否则他们这些做朋友的都不会放过他。

日子，似乎真的过成了梦中想象的模样。

一切都甜美的有些不真实。

虽然有时候小新也会小有不安，她不知道这样如蜜似糖的日子会不会突然就结束，最终变成回忆与痛苦，但每次的不安都会被杜一的细心化解。

就像最初，小新觉得彼此之间并不合适。她总是容易多想，而他总是神经大条，后来彼此用爱改变着对方，她尽量不多想或是直言告之，他也努力去了解她的心思，做着让她心安的举动。

可能是太过甜蜜，连老天都嫉妒了。

杜一在一次夜里回来时，出了车祸，很严重，小新赶到医院时杜一还在手术室里。待杜一的爸妈赶来时，小新不知如何回答他们，整个人抖得厉害。杜妈妈将小新搂在怀中，两个女人相拥着给彼此力量，看着手术室的门等着对她们来说最重要的那个人。

原是有这样温柔的家庭，才会造就这样温暖的他吧。

那一夜，对这一家人来说是翻天覆地的。幸运的是杜一在医生的努力下没有生命危险，但却失去了一条腿。

这对这个家来说，简直是晴天霹雳。

可是小新却觉得：

幸好！

幸好他还在。

那一天，没有人知道她有多恐惧，恐惧他会就这样离开这个世界，那样，她甚至不敢想象自己该怎么过以后的日子。

住院期间，小新每天都守护在他的床边，拿着 ipad 讲里面的故事给他听。帮他擦洗身子、为他做复健。

他俊美的脸庞再没有多余的表情，他从不说话，也不流泪，长长的睫毛将他所有的情绪掩盖在眼底，他像个精致而破碎的娃娃般失去了生气。

自始至终，他甚至目光都没有落在小新的身上。

直到一次，她小心地提起医生说，如果安上假肢其实也是看不出来的，现在科技发达基本上可以像正常人一样，不会影响什么。

他终于将目光锁定在她的身上，盯着她良久。

终于，他吐出了手术后的第一个字：

滚。

从最初的小声，到后来的歇斯底里，他扑腾着将枕头砸向她，嘴里不停地只是重复一个“滚”字。

小新泪流满面，她死死地抱着他，无论他怎么挣扎都不放手。

她只知道，那些曾经许下的梦不会因为一条腿便化为乌有。

她只知道，那些曾经他对自己的好与彼此之间的爱，更不会因为这一条腿而发生变化。

她只知道她不能没有他。

而他现在失去了她，还能靠什么支撑过下半生……

他心中的苦与巨变带来的打击，她也知道，他说尽了难听的话，只想求她离开，只因为，他爱她，不想误了她一生。

他说：

幸好，幸好我们还没有结婚。

她还可以选择一个更好的人，这对他来说，或许是最庆幸的一件事。

可是，她也爱他啊！

她说：

曾经在爱我的路上，你走得一腔孤勇。

如今，换我。

就像微博里的那则故事，虽然他们都还没有到半辈子的份上，但小新相信，只要坚持，一切都会好起来。

又是一年，春暖花开。

我也如约收到小新寄来的请柬。

婚宴上，司仪讲起了这段往事，众人动容。

没有一个人将目光落在新郎的腿上，而是落在新娘的脸上。

杜一说，从前他只怕自己拖累了她，想尽办法离开她。后来，他才懂了，真正的爱不是推开她，而是将自己变得更勇敢、变得更有力量，用尽一切去守护他们的爱情、去保护她。从失去这一条腿开始，他看到小新的尽心尽力，却从未对小新说过一个谢字。

现在、以后，他都不会说。

因为他还有一辈子，去好好爱护这个女孩。

原以为爱是彼此之间的软肋，当经历了真正的磨难，才会明白：爱，应该是彼此共同的盔甲，抵挡住一切困苦挫折。只为在一起，一辈子，努力给予对方最好的自己，努力将一辈子走到底。

待风吹得花开满山

上海，是一座光怪陆离的城市，这里遍布各色各样的人群。

这里有事业成功的人士，也有为了明天生活而打拼的人群，匆忙的路人在巴士或是地铁上神色漠然，似乎已经习惯这样冷漠的相处方式。当夜幕降临，万家灯火，许多人看着这光鲜绚烂的城市却心无所依。

每个人都有着自己的故事，尽管平日里看上去并不显眼。

人们习惯了隐藏心事，戴上面具去面对这所城市的无情与机遇。这些有故事的人，淹没在大上海的人潮里，他们没有时间或是不敢去品尝自己的心事，只是努力挣得一份更加有前程的明天。

栗子和李明便是其中的一对。

毕业后不久我曾在上海呆过一阵子，也是在那时候，我认识了栗子和李明，虽然后来很长一段时间不曾联系，但却在我回到家乡不久，突然接到了栗子的电话。

我以为她跟李明终于修成正果，请我参加他们的婚礼，却不想，她告诉我，她跟李明终于分手了……

听到这个消息的时候，我有种说不出的感觉。

不知道是遗憾，还是不出所料的了然，从他们刚在一起的时候，我就知道这段爱情，或许会无疾而终。

朋友们都知道，栗子与李明在一起整整七年了。

这整整七年的时光里，他们有着无数的争吵，争吵到后来甚至已经找不到最初在一起的理由，或许只剩下习惯而已。想要逃离却又不舍，想要改变却又找不到一个出口，于是只能这样继续着。

1

初到上海的那年，栗子刚刚毕业。

怀着美好的憧憬来到上海，想要在这所城市里发光发热，想要靠自己的双手打拼出一片天地。在那个年纪里，不知天高地厚、冲劲十足，她几乎将所有的精力都放在了工作上。

而李明是合作公司的职员。

和栗子一样，他年轻有闯劲，一腔热血。两个年轻人为了谈合作而相识，在接触的过程中两颗心慢慢靠近。

刚出校园的栗子不懂职场精神，自然是受到排挤。原本以为只需要努力工作便会得到认同，可是却渐渐发现力不从心。她融不进同事们的小圈子，甚至察觉同事的眼神对她有敌意，就连平日里做出的成绩也莫名被减半，心中自然委屈难受。

也就在这时，李明对栗子展开了热烈的追求，栗子在这一片孤冷中突然触到李明这团烈火，立刻感觉到招架不住的温暖，几乎没怎么犹豫便答应了。

那时候，他们甚至除了彼此姓名、工作外，一无所知。

恋爱。

最初总是美得令人惊艳。

为了节约房租，两个人很快搬到一起住，刚开始的日子更是甜蜜无比，一起工作，一起回家，一起做饭吃饭，一起窝在沙发上看电影……

在这若大的城市里，两颗流浪的心不再无所依托。

每每受了委屈，栗子便会发消息告诉李明，而李明每一次都会安慰她，开解她，并教她解决处理的方法。这段日子，成了栗子到上海以来最快乐的时光。

他们买不起名牌，但也会偶尔到大商场中闲逛，见到栗子喜欢的，李明便会保证在不久的将来，一定会买给她。

走累了，便随处找个地方歇脚。

舍不得去咖啡店就喝自己带来的水，吃一些在家便已经准备好的便当，那时候天已经很冷了，李明总会将栗子的手塞进自己的衣服里，贴着他的皮肤，搂着她散步。虽然没有购买的快乐，却感觉很温暖。

那是来自对方的切切实实的温度。

只因有彼此在身边，这凉薄冷漠的城市也变得不再那么冰冷。

连寒冬都充满暖意。

偶尔李明业绩上涨时，也会奢侈一顿，带着栗子去吃哈根达斯，两个人捧着三个小雪球却像拥有了整个冬天一般，那年轻而幸福的笑容，即便是所谓的成功人士看在眼里，心中也会泛起莫名的羡慕，就像看到了曾经的自己一般。

2

七年后的栗子，再吃哈根达斯已经不需要数着存折上的钱心疼。她像所有职场女性一样，穿着职业套装，化着精致的妆容，踩着高跟鞋走路已经颇有架势。

在咖啡厅里坐着，手提电脑摆在桌上，轻抿一口咖啡……

那是一个精致美丽的女人。

与七年前的她恍若两人。

七年的时光，真的足以改变一个人。

当初那个不懂如何与同事相处、做事风风火火的小女孩，经过时间洗礼，已经知道如何圆滑地面对不同的人与不同的事。

只有面对最初的挚友时，才会找回一些当初的记忆。

我便是栗子最好的朋友，我们俩是同学，在大学的时候便住着上下铺，到了上海不久我发现自己竟和栗子在同一家公司，面对同样的“新人问题”，自然关系就更加紧密了，只是后来，我很快便因为无法适应上海的职场关系便离开了。

但我们并没有因此断了联系，甚至我们的关系更胜从前。

这次来上海是来散散心。

到了咖啡厅之后，远远地便看到栗子一头秀美的卷发挡着脸，那番精致颇有明星的风范，不由得感叹时光不但是一把杀猪刀，还是一位魔法师。

见我进来，栗子将笔记本合上，微微叹了口气，看着湛蓝色的天空，神色终于不再漠然。

“又吵架了？”看她那样，我轻车熟路，开门见山地问到。

这些年，我们一直QQ电话联系着，而栗子跟我说的最多的就是她和李明的事。

栗子挑挑嘴角，想要笑却终是扯不出一丝笑意，在最好的朋友面前她无需伪装，她和李明这些年是怎么走过来的，也许她自己都还没有身为局外人的我看得清楚。

“为什么就不分手呢？”我将杯子放在桌上，无奈叹息。

“哪有那么容易，毕竟七年了。人生能有几个七年。”栗子抓紧了咖啡杯，眼底是深深的疲惫。

这七年来，每一次吵架她都会逃离现场，就像逃出一场灾难一般。

不知是后来两个人都变了？

还是最初就没有来得及看清对方的模样便在一起？

这七年的爱情长跑对她而言，早已不像外人所看到的那般令人羡慕。

相对来说，我是一个干脆利落的人，有时候栗子也会对我说，她很羡慕我的个性，说我虽然换了几任男友，但至少对方都对我十分好，无论最后结局怎样，至少在那段感情中带给对方的快乐与幸福，都是真实的。

而她自己呢？

坚守着一份感情七年，时间越长越不敢放手。

再开始重新认识一个人、了解一个人，只要想想都会觉得好累。

“你和李明不合适。”这句话我不知和她说过多少次了，可是每次她都听不进去，“栗子，再拖下去你只会更惨。你和李明根本就不是一个世界里的人，你们生活方式、观念完全不同，若是你们真的舍不得放手，就去改变。”

“说得容易。”

是啊，说得容易。

也许当局者迷，但身在其中才最是知道那般滋味。

要放手不易，要改变更是不易。

那是从小便养成的观念与习惯，即使要改变也是需要时间的。更何况，已经这样走过了七年，她开始改变也不见得李明那固执的个性会改变什么。

现在的她，只是觉得累，仿若黑暗中前行看不出一丝光明。

“其实有时候会想要离开这个城市，我总觉得我们的变化，是因为这城市变得太快了。”栗子说。

“什么都没有人心变得快。”我其实对于他们这段感情也有些不耐烦的情绪，连身为一个旁观者都看得这么累，真不知道他们是怎么熬过这七年的。想着，便有些恼怒，厉声道，“若真是受了这城市的影响，为什么你在我面前还可以做着自己？其实，有时候就是太在乎，太爱自己。我一直觉得你们根本不够爱彼此。”

“你说话总是那么刺。”栗子沉默了，过了半晌低声呢喃，“却也有着一针见血的功效，轻轻地扎进心脏里并不会察觉什么，只有过一会才会感到疼痛，然后加深……”

3

时光回到在一起的第一年。

初时的甜蜜褪去,余下的便是生活的微末细节。老人们常说，相爱简单相处难，但这个问题在热恋时往往是不被考虑的。

栗子和李明都是彼此的初恋，大约都不知如何更好地去爱对方，只能照着别人的样本，将别人做过的事情都一一做全；

别人为对方做到的事，自己也努力做到。但那些不为人知的日常习惯、生活细节、性格摩擦导致的矛盾却天天都有发生。

比方说：

生活中，栗子是一个十分爱干净的女生。

每天下班回来无论多累，都会将房间收拾得很干净。李明上班的地方离家比较远，待她做好饭菜，拖好地时李明正好归家，看也不看便一路踩了过去，尚未晾干的洁净地板上印了一连串熊掌。

栗子气急，觉得他不尊重自己的劳动成果，厉声指责，而李明觉得她大惊小怪，自己只是没有注意而已，踩脏了就踩脏了，反正地板不就是给人踩的吗？

因为来自不同城市，饭菜的风格自然也是不同。

李明常常嫌弃栗子做的甜口味的菜十分恶心，不是太淡，就是难以下咽；而栗子又对李明喜欢的重口味饮食无法适应。久了，栗子便会在他挑剔时迎头反击，爱吃不吃，有本事自己做。

想来，任谁辛辛苦苦做出来的饭菜每天被人百般挑剔都会上火。

再如，李明换下衣物时，总是懒得将里外分开，衣兜的东西也不拿干净，甚至有时候直接将深色的外套扔进栗子正在洗贴身衣裤的洗衣机里。

诸如此类的事情越来越多，争吵也越来越频繁。

开始的甜蜜在生活的细节中消失殆尽，只余下柴米油盐成为争吵的源头。

第一次大的争吵，是李明在公司受了气回来后，不顾正在拖地的栗子，再次将客厅踩得一团糟，栗子说了几遍李明也当没听见,结果栗子直接就爆发了。而李明也暴躁地冲她大喊大叫，她气得甩门而出。

那天，正好是圣诞节。

整个城市装扮成一场盛大的宴会，而栗子成为那抹最孤独的身影。

她打电话给我的时候，我正和男友美美地吃着圣诞烛光晚餐，她将李明在生活中的种种抱怨给我听，我听完之后翻了个白眼，骂道：“你们两就是作的！”

“我们？难道你觉得是我的错吗？”

“当然。”我挑挑眉，问，“你今天看到他踩脏地板，是不是第一反应就责怪他，命令他不要每次都直接踩进来？”

“要不然呢？你不知道我打扫多累，就想着圣诞可以把屋子弄漂亮点，一起和他过个美美的圣诞节。他今天加班，我就做了美食，又去打扫卫生，他怎么一点都看不到我的辛苦，我这是何苦？”

“那你有没有看到他的辛苦？”我眨眨眼，也不管电话那头的她看不看得到，“有没有关心过他回家不高兴是什么原因？有没有想过他是不是发生了什么事所以才没看到你的准备和付出？”

“……”栗子哑然。

“有时候语气是可以改变很多事情的。他是你的男朋友，并不是你的下属，不要把公司里的习惯带回家，和他说话别用命令式的语气。你想想，这一类事情都发生过多少次了。身为女人，你不懂撒娇反而越来越凶悍，哪个男人可以忍受得了？男生大多粗心，你想让他和女生一样细致、面面俱到，那是不可能的。他们的大脑结构和我们不同，你只能耐心些，委婉些。如果你第一句话是关心他是否在公司受了委屈，他会是什么反应？”

那是我第一次细心地为她分析，栗子受教。

不等我说完已经挂了电话，飞奔回家。

后来，她试着改变自己的态度，自然是有成效的。

那一小段时间，不单是李明，就连栗子身边的人都觉得栗子仿佛变了一个人，从前那个霸道不讲理、唯我独尊的栗子突然变得温柔且善解人意了，不但懂得体谅李明的难处，还像小女生一样跟他撒娇。

李明自然欣喜，也比从前更加宠爱她，甜言蜜语几乎不断。

可是，好景不长。

栗子一直觉得自己若是改变了，李明也应该有点变化。可是他除了言语上的退让之外，该做的一点自觉也没有。依旧不理家务、依旧不尊重她的劳动成果。

有时候她洗好衣服让李明帮忙拿出去晒，他都会拒绝。

想到自己和他一样每天上班，回来却还要给他做饭、忙碌家务，而李明多数下班就蹲在电脑前玩游戏，栗子心酸得想要放弃。可是，放弃之后又该如何生活？

早已经习惯在醒来时看到他的脸……

在受了委屈时可以跟他诉说……

冷的时候习惯性地寻找他的温度……

夜里做了噩梦转身便可以躲进他的胸膛……

放弃之后，她独自一人，真的可以忍受吗？那将是没有他的另外一种生活，她真的还可以适应吗？

犹豫之后，终是不舍。

往往，我们爱一个人。

爱到长久，终会忘记究竟是深爱还是习惯?

往往，我们舍不得离开一个人。

会难以辨别，究竟是深爱这个人，还是贪恋他的存在、有他的习惯?

4

我第一次决心劝栗子分手，是因为她和李明整整冷战了一个月。

这在我看来简直是一场噩梦，而且整整持续了一个月的恶梦。同在一个屋檐下，甚至同躺在一张床上，居然毫无言语交流，更过份的是对于栗子主动服软的态度，李明视而不见。

“分手吧，这个男人根本不爱你，或者说他根本不够爱你。一个真的爱你的男人怎么舍得让你这么难过？”

“或许吧。”

那也是第一次，栗子真正有了想要分手的想法。

听着我一边给她分析，一边想着将来他们结了婚，有了自己的孩子，却还是忍受李明的不成熟和孩子气，自己无法做事情的时候，李明依然不沾手家务的大男子主义，将来自己还有谁可以依靠？

那天我劝解栗子之后，依旧觉得不解气，直接拨了李明的电话，狠狠地骂了他一顿，问他是要分手还是好好过，自己想清楚，别拖着栗子不放，女人的青春没有几年，经不起他这么浪费。

也许是被我骂醒，也许是真的意识到自己做得不对。

那段时间李明突然也像变了一个人，不仅开始帮着一起做家务，还处处体贴关怀，保证自己将来一定不会再像之前那样，不再让她受这样的委屈。

栗子心软了……

而美景却依然不久……

我突然想到网上看到过一句话：

为什么他让你受尽委屈却还不分手?

因为他偶尔也会给我糖。

这话说得真是太有道理了。

栗子终是舍不得他待她好时的那些暖，而这些暖也正是栗子最需要的。

连李明都不知道，栗子小的时候父母便离异了，可是双方都不想带个拖油瓶，是奶奶舍不得自己的孙女，坚持将她拉扯长大，而她的父母，只会时不时给寄一些生活费，几乎从没去看过她。

在来上海的前两年，栗子的奶奶病重离世，那时候她便觉得这世界上再也没有依靠，自己只是漂浮的一根游木，再也没

这些年的相处，爱情磨尽却保留着一种奇怪的类似亲情的东西。

李明难得仔细地为她整理好行李，买好机票，原本的粗心大意在这一刻却是细心十足，生怕漏了什么，知道她晕车，便早早备好了晕车药，水果是洗净切好放在盒子里的。

整整争吵了七年，却在这一刻和平得像最初恋爱的时光一般。

恍惚间，他们凝视着彼此，千言万语却无从说起，只知道是走到了尽头，纵是不舍也只能放下。

最是相爱，却难相处。

有些爱只能到这为止，各自天涯，愿君安好。

栗子回到乡下。

那里没有汹涌的人潮，也没有匆忙的面孔。

她找了一份简单的工作，不忙碌、工资也不多，闲暇时间打理着自己的淘宝店铺，日子虽然有些寂寞却很饱满。

偶尔，也会留意李明的消息，栗子在他们朋友的圈子里听到刚分开没多久李明就交了新女友的消息。

开始听着心还会刺痛到难以忍受，可随着时间的消磨，那些痛苦与伤心渐渐变淡，留下的回忆里全是两个人最初的相依为命。

所以，听到李明的哥们犹豫地告诉她，李明要结婚的消息时，栗子心中涌起的第一感觉，不再是痛而是解脱。

那一刻，她真心地希望他幸福。

若是我做不到的，有另外一个女孩可以做到，也是一种圆满。

李明结婚这天，她请了假，关掉手机，换上了运动服准备去爬山。

山上开满了艳红的杜鹃花，风一吹来满鼻馨香。山间空气清新，她慢慢地走着，慢慢地回忆着，笑了，也哭了。

可是，心却是前所未有的轻快。

她坐在石块上，翻出他送自己的那些小礼物，每一个都是一段记忆。捧着这些记忆，她来到树下，将这些所有的过往通通埋藏。

或许是因为哭得太久，栗子起身时，一阵晕眩，就在即将摔倒的时候，一个结实的臂膀扶住了她。

回过头。

一个满脸紧张的男生站在她的身后。

见她看过来，他咧嘴一笑，露出洁白的牙齿："你没事吧？"

栗子摇了摇头，只觉得他的笑容有些眼熟，仿佛五百年前便在何处擦肩而过，他大眼明亮，眼底的笑容有些刺眼，恍若乌云里透出的艳阳。

阴霾的内心，太久没有得到过阳光的照耀，这一刻，她竟然有些晃神，一种莫名的感觉从心底涌出来，不知不觉，她也对他璨然一笑。

“谢谢你，我，我是栗子。”

“还记得我吗，我是霍启。霍启的霍，霍启的启。”

眼前男子带着满眼温柔，没有李明的阴郁和锐利，没有李明的压抑和隐忍，他的目光清澈一如儿时的模样。

栗子觉得自己就像做了一场很长很长的梦，大梦初醒，却忘了当初选择去上海时，家乡那个叫霍启的男孩一路跟着自己，目送自己坐上大巴，满脸落寂。

忘了七年前，他追随到上海，自己身边已站着李明时满脸的痛楚。

他伸出手，她亦伸手，十指紧扣是任何时候都没有的心安，一如当年奶奶去世时，他的小手握着自己的小手时那样真实。

有风吹来，满山花香。

栗子知道，新的故事会在真正属于她的地方，重新开始。

在你的爱之外，我在那里存在

相爱是一种极考验智慧和人性的技巧活——

一个自私的人，很难有持久而真挚的爱情。

因为容易让对方冷了心。

一个太傻的人，很难有细腻而幸福的爱情。

因为粗心大意容易刺伤对方的心。

一个太过执着的人，很难有轻松而洒脱的爱情。

因为执念太深而身心疲惫。

一个爱得太深的人，很难有圆满的爱情。

因为抓得太紧而让彼此无法呼吸，唯有逃离。

爱，就是这么有难度的一件事情，但有时候，其实，爱情就是你有眼里有我，而我心里有你，不抛弃，不放弃！

1

王柯和李小米是青梅竹马。

李小米还只会牙牙学语时便跟在跑步还不利索的王柯身后。小时候院里小孩玩家家酒时，王柯总是拿着家里的大红布盖在李小米的头上，宣布她是他王家的媳妇。后来长大了，对于李小米，王柯的形容是她就是女版的多拉 A 梦。

“李小米，我早餐呢？”

“李小米，我作业呢？”

“李小米，我外套呢？”

“李小米，帮我写的检讨呢？”

“李小米，这题我不会，快来教我！”

这些句式几乎每天都会发生，在一起长大的小伙伴们也早都习惯了，只要王柯有事，第一个找的不会是别人，一定是李小米。而李小米也总是默默地做好他要的一切，有时候他还没有开口，她便已经递过来。在中学时期，同学们私下都喊李小米为“王家媳妇”。对于这个称号，李小米并没有抗议。

对于王柯，李小米的形容便是烂泥扶不上墙。

“王柯，你这个混蛋，放学还不回家，看我告诉你妈！”

“王柯，你这个笨蛋，这么简单的题你都能做错，考这么点分看你回家挨打！”

“王柯，你是猪吗？早餐我早就放在你桌上了，你看不见吗？”

很多人在看完李小米暴力完王柯之后，就不会再觉得，王柯有这样一个“媳妇”是一件多么幸福的事了。

王柯习惯了无论出什么事，都有李小米为他收拾烂摊子；而李小米也早已经习惯，无论什么时候，都要牢牢地管住王柯。

王柯和李小米好得就像是一个人似的，这点全校皆知。

王柯的成绩平平，但却是个十足的捣蛋鬼；李小米是个优秀生，个性开朗却有点火爆。所以即使有对两个产生点小感情的，也会在看到他们相处的模式后心生退意。

佳佳是全班和李小米走得最近的女生，她每次都会好奇地问李小米，和王柯究竟是什么关系，难道他们家从小就给他们订了娃娃亲？李小米听后会仰头大笑，指着同样在场的王柯说：就他这样的？我妈若是真订了娃娃亲，那还真是我亲妈啊！

王柯表情很委屈，看着佳佳说：“我爸要是给我和她订了娃娃亲，那才真的是亲爸呢！也不怕我被打死！”

“你说什么！王柯，你再说一遍！”

李小米想也不想便冲过去，王柯一边跑一边求饶。

佳佳看着他们嬉闹，松了口气说：“那就太好了，看样子你们只是兄妹样的感情嘛！小米，不瞒你说，我表哥托我来打听的，他说他喜欢你很久了，想要和你一起进步。”

“啥？”

“哈？”

两人同时停住动作，一个是惊讶这世界上居然还会有人喜欢上李小米这样的物种；另一个是讶异于那60年代的用词。

佳佳不解地看着他们的反应，两人皆是满脸的欲言又止。

李小米是真的很想问：佳佳，表哥高龄？

王柯是真的很想问：佳佳，你表哥抗揍吗？

佳佳的表哥事件，最后也是无疾而终。

那位表哥到最后都不知道自己为什么连李小米的面都没有见着就被拒绝了。而这边王柯还一个劲儿地在李小米的耳旁吹风，说那个表哥长得太过着急，而且看起来太过木讷，像这样的个性和李小米在一起很容易出人命。李小米自然是不信王柯所说的，非要自己亲自去看看这位从小到大第一个和自己表白的男生，究竟是个什么模样时，王柯一把抓住了她的手，有些气急败坏地说：李小米，不准你去见，听到了没有！

要是换作往常，李小米早就一拳过去了，可是那天鬼使神差地，她竟突然安静下来，轻声地“嗯”了一声，便真的不再去见。

2

中学、高中甚至到了大学，一路上王柯不知道为李小米挡了多少桃花。时间久了，李小米会歪着头问王柯，是不是居心叵测想要霸占她，才拦住那些仰慕她的人。王柯总是一副看着病人的表情盯着李小米，末了才悠悠地说了一句：我又不想死。

对于这个答案李小米自然是不信的。

女生的心思总是比男生早熟一些，在情窦初开的年纪里，李小米早已经觉得自己和王柯之间的感情只是没有捅破，但终有一天王柯一定会先主动表白。她也从不觉得会有任何一个其他的人可以加入到他们之间，毕竟这样的默契是从小就形成的。

所以，当王柯抓耳挠腮地出现在李小米面前，说自己苦苦追求一个女生却怎么也得不到她的青睐时，李小米震惊了。

她多想像小时候的王柯一样，抓住他的手说：王柯，我不许你追其他的女生，听到了没有！

可是，她没有。

“李小米，李多A梦，快帮我想想办法好不好？怎么才可以让小棋喜欢我？”

“你真是猪！”小米用力地敲了一下他的脑袋，摇着头一副恨铁不成钢的模样说：“哪有追女生这样横冲直撞的，你得了解人家的喜好！创造机会多在她的面前表现！”

“怎么创造机会？”见李小米答应，王柯立马来了精神。

在他的概念里，只要李小米这聪明的小脑瓜一开动，就没有什么事是办不成的！就像当初高考，她抓着成绩在年段中下游走的王柯，实打实地每夜为他补课，居然真的让他和她一起考入了同一所大学。当时王柯的爸妈含着两眼热泪，握着小米的手久久都说不出话来，只是不停重复着“好闺女，好闺女”。

李小米当然没有什么追求女生的经验，而那些追求她的男生不是被王柯赶跑就是还没开始便以为王柯是她的男友，于是退却了。为了帮王柯，她上网去查了很多资料，查看很多的视频，最终决定学视频上的一招：英雄救美！

那天，李小米刻意乔装打扮了一番，让王柯约小棋到音乐喷泉广场处隐蔽等待。王柯见了小棋便双眼放光，等不及要过去，被小米拦住了。她看着手机上的时间，算准了之后指着小棋的对面，示意王柯过去。一切就绪后，趁小棋被王柯吸引去注意力时，小米飞奔而出，夺走了小棋手中的包。

“小贼，哪里跑！”

王柯浮夸地大喊一声，哇呀呀地朝着小米追过去，追出不远便将她手中的包夺走。

“快回去！”小米小声叮嘱。

王柯没有多加停留，甚至没有回头看一眼小米躲到哪里，便赶回去将手中的包递给小棋。就在这一瞬间，广场的喷泉灯突然亮了，喷涌而出的水柱、霓虹一般的灯光以及这浪漫的音乐，小棋感动地看着气喘吁吁的王柯，莫名地觉得眼前的王柯，真帅！

两个浪漫相拥，王柯开心得抱起了小棋原地打转。

不远处，挤在人群中的小米，摘下帽子，笑容有些酸涩，转过身，默默地在人们的欢呼声中离开。

3

有时候，最害怕的便是以为不会变的东西，突然变了。

就像他们之间的感情，小米觉得没有什么人可以轻易地插入，可是事实证明她错了。这像是不变的定理一般，有些人走着走着，就会散了。即使这份感情是从小一起到大的。

有了小棋的王柯，果然不再和小米成天出双入对。但每天晚上，王柯的电话都会准时来，报告他今天和小棋的行踪，请小米指导。有时，害怕了再听这些的小米会选择将手机静音，可是王柯却会突然跑来，不管小米正在做什么，也会拉着她跑到学校的操场上，坐着讲诉他和小棋的故事。

“王柯。”

“嗯？”

“你记得佳佳的表哥吗？”

“当然记得，怎么突然想起问这个了？”

“我一直想问你，在那件事的几天后，你突然满身伤，回家还被你妈打了一顿。”

“哦！没什么，就随便和别人打了一架。”

小米看着王柯，不知不觉中他早已经不是小时候的模样。侧脸专注的样子，竟然有了帅气的痕迹。身高也不知从什么时候起，需要她抬头才能看到他的双眼。

其实小米真的想问的是，王柯，你如果不喜欢我，为什么总是一副我李小米就是属于你王柯一个人的作派？

那晚月光很好，他们说了许多小时候的事情。这也是王柯和小棋在一起以来，第一次话题中不再是小棋。

聊了许久，直到宿舍都快要锁门时，王柯起身，第一次坚持要送小米回宿舍。

宿舍楼上，王柯让小米先走。

他站在她的身后，莫名觉得月光下的她，有些哀伤。

“小米。”

她回头。

“如果有一天，你交男朋友了，一定要经过我这关。我可是不会随便让你和那些臭小子在一起的。”

看着他认真而严肃的表情，小米一下一下点头。灯光下，王柯看不清她的神情，只是觉得这一晚，小米突然变得不再是兄弟，她像一个柔弱的女生，有着许多不为人知的心思。

“我后来和佳佳的表哥还有他的几个同学，打了一架。因为他就是个混蛋！”

在小米走向宿舍时，王柯大喊了一句，

小米的心一疼，没有回头，加快步伐回到宿舍，将床帘拉下，自己趴着痛哭了一场。

在这一刻，她才知道，自己年少时期便坚持最美的梦，在这一夜真的破碎了。

4

毕业旅行，小米选择一个人到了凤凰。

这个满是文艺情调的城市，她要在这里选择将王柯遗忘干净。从此，真的只当他是一个发小，忘记那些从小在一起的点点滴滴。也忘记小时候，他拿着大红盖头蒙在她小小的脑袋上，发誓说李小米是他王柯的媳妇这件事。

火车上，她打开手机，播放列表上只有一首单曲，无限重播。

洪佩瑜的《踮起脚尖爱》。

那是一次无意在微博里看到的视频，视频中的女孩和她一样，深爱着一个男生却为他出谋划策去追另外一个女生。原本只是搞笑，可是最后当音乐响起的时候，女孩卸下灿烂的笑容时，小米只觉得心像被人撕扯一般地疼。

看着窗外呼啸而过的景色，小米的心像这歌词一般沉重……

等待 的时空 有点重

重得时钟走不动

无影踪

他始终

不曾降临生命中

我好想懂 谁放我

手心里捧

幸福啊，依然长长的人龙

……

才踮起脚尖的期待

远远的存在

我够不着还，微笑忍耐，等你回过头来

等你回过头来……

小米按了停止键，大口大口地呼吸，似乎这样便可以将心中的疼痛呼出口外。若真像歌词中那样唱的，是不是她回过头，便可以看到王柯站在她的身后，像小时候一样说，小米，你想跑哪去？你可是我王家的媳妇。

选择来到凤凰，除了这里满是文艺的情调之外，小米也觉得这里应该是座疗伤之城。

到达在网上便预约好的饭店，她就向店主打听在网上搜到的一家咖啡馆地址。在夜幕降临的时候，她换了套轻便的衣裙便出发了。

的确像网上所说的，这是一家充满了情调的咖啡馆。昏暗的灯光，爵士音乐萦绕在那些相对而坐的人们中间，有些暧昧又有些孤寂。似乎这里就是为了让寂寞的人更寂寞，于是便可以有更美丽的邂逅与艳遇。

小米没有理会那些，独自找了个角落坐下。随意点了杯咖啡，对那些过来搭讪的人婉言相拒。过了会，她才问服务生要来了店里的留言本，上面满满地记录了其他人的心思。里面就像是一个大大的世界，充满了喜怒哀乐。小米不知道，那些在本子上许下要相守走完一生的人们，现在是否还牢牢地握着彼此的手。

拿出笔，她在空白处停了许久，想写的话有很多，在脑海里冒得最频繁的便是：王柯，你这只猪！你这个混蛋！但显然这句话她是不会写上去的，千回百转之后她终于落笔：

在你的爱之外，我在那里存在。

——李小米

后来李小米想想，当时真是年少冲动。只是为了留下一句自己青春时期的爱恋，便不顾一切飞往这个陌生的城市，只是为了留下这一笔，为自己心中的这段恋情有个完美的句点。

也许是怀抱着这个目的，所以小米没有在凤凰多作停留，第二天便启程离开。她没有回到家乡，选择去了上海。

5

除了爸妈，没有人知道小米去了哪里。

手机、微信、QQ，所有能够联系的方式，李小米全都换了。王柯好几次拦住李爸爸、李妈妈，拜托他们将小米的联系方式给他，可是总是被含糊带过。王柯没了办法，只是想到毕业时小米跑到凤凰，于是怀抱着一丝希望舍弃了工作，也跑到了凤凰。

他和小棋最终还是分手了。

是王柯提出来的。小棋说，受够了他和她在一起以来，每次的话题三分钟离不开李小米。尽管王柯一再解释自己和小米就像是哥们一般，从小长大的哥们，自己心中从没有把她当成女生来看。可是小棋不信，更无法忍受自己的男朋友心中，会有另外一个人的位置比自己还重。

于是，小棋去找了小米，说的话不失素质但火药味十足。这件事王柯是后来才知道的，他怎么也想不到那个个性火爆的小米，居然没有当场拆了小棋，反而远远地逃走。最后，小棋要求王柯从此不再见李小米，还要求他一定要说满十句李小米的坏话，她才可以原谅他。王柯笑了笑，定定地看着小棋说，分手吧。

小棋气急败坏地朝着他的背影大喊：你心里分明是喜欢她的，为什么还要来招惹我！你就是个渣男！我祝以后李小米嫁的人，不是你！

最后一句，像是一把利剑，直直插进王柯的心口。

他不是没有怀疑过，小米是不是喜欢自己。但是，小时候她指着自己那嘲讽的语气、她主动帮自己想办法追求小棋的做法，都让他不敢去想。当那句李小米嫁的人不是你传进他的耳中时，他才突然惊觉，自己为什么一再以那些男生配不上小米为借口，为她排除。

因为，那不就是他从小就认定了的新娘吗？

王柯一下车，便知道，这是李小米会选择来的地方。

她那样一个性格火爆的女孩，内心却是一个十足的文艺女青年。只是太过熟识，才忽略了她心中的那些柔软，忽略了她笔下那些痴缠，有太多是为他而写。

这座古色古香的小城，王柯在这里走了几天，仿佛看到当初小米也在这里走过，他只是沿着她的足迹便可以找回她。

可这一切终是电影里的情节，他没有找到珠丝马迹。幻想中会突然巧遇她的情节，也始终没有发生。于是，他开始上网找攻略，试图找到小米会驻足的地方，也许真的是默契，他一眼便相中了那家咖啡馆。

同样的傍晚，同样的晚霞满天，他走进那家咖啡馆，要了当年的留言本，一页一页翻读。这里有太多没有名字的悲伤，看得他的心也是一阵疼痛，直到翻到那一页，他看到那句话，还未看到署名就已经确定这一定是小米写的。

从小为自己代写过多少份检讨的字，他怎会不认得？

恍惚间，他似乎看到当年的小米坐在这里，咬着笔头思索着该为王柯这个混蛋留下什么话。

酸涩感从心头涌起，止在喉间令他哽咽。他轻抚着本子上的字迹，心中一遍一遍问着：李小米，多啦 A 梦，我需要你，你在哪里？

“你好，麻烦拿 2013 年的留言本。”

声音落入耳中，王柯猛地抬起头，目光落在那个清秀的女孩身上。

女孩回过头，看到王柯，似乎并没有意外，反而扬起嘴角笑得灿烂。

“好……好巧。”王柯说。

“巧你个头，老娘翘班的费用你来补！”

手掌落在他的背上，是轻柔的。他起身，用力地将她拥入怀中，仿佛害怕她会突然再消失，又仿佛害怕眼前这一切只是自己的幻想，只能抱得紧一点、再紧一点，才足以证明自己拥抱着的不是空气，而是真实。

“喂，王柯，你想谋杀吗？”

“王家媳妇，你可以不这么暴力吗？喂，救命啊……”

在你存在的地方，我的爱在那里存在。

在你存在的地方，我的爱在那里存在。

在时光中忘记你

王珂和李小米的故事，是我听表姐讲的，故事的最后，他们终于走到了一起，他们的爱情，经过了岁月的沉淀，也经过了现实的磨砺，我有理由相信，他们可以走得很远很远，远到有一天，花了眼，白了头，依然在一起。

他们的爱情，在那座城里留下的痕迹，将会是他们一生最美的回忆。

表姐最近闲的无聊，我纠缠着她给我讲了很多故事。

还有一个故事，发生在表姐上大学的时候，彬是表姐的大学室友兼闺蜜，她找出照片给我看，照片里的女孩不施粉黛，看起来清纯可爱，一双眼睛极为清澈，却带着隐隐的傲气，微微勾起的唇角，都流露出一种自信的魅力。

我记得表姐结婚的时候，那个女孩也曾来参加。

只是物是人非，那天我看到的女子虽然与照片上的女孩五官相似，却早已经没有了大学时清丽羞怯的影子。那天，她画了精致的妆容，一身上下无一不是名牌，穿搭适宜，却也凸显出女子非凡的品味。

唯一不变的是女子眼底的骄傲，这么多年过去，却与当年如出一辙。

1

彬第一次见到乔，是在大二的时候。

那天，是个阳光灿烂的午后，彬在餐厅吃完饭时正巧看到一个男生将钱包落在位置上，于是拾起钱包去追。也不知是男生耳力不好还是脚力太快，彬一路追一路喊，男生也没有回头，最后还给跟丢了，她没有办法，只好打开钱包看看里面是否有线索。

巧的是，钱包里正巧有一张学生证。

上面写着乔的名字还有照片。

照片上的男孩剑眉星目，可惜嘴唇很薄，有人说薄唇的人最是凉薄。彬并没有多想，回到宿舍随手将钱包扔在桌上。当宿友听说钱包的主人是乔时，都围了过来，个个双眼冒着星星，感叹着彬真是好运。

“难怪我觉得这个名字好耳熟。”彬无奈地叹道，“原来这个就是大名鼎鼎的乔，这么粗心大意也不见有多优秀。”

“彬，全校不在意乔的人估计只有1%，很不幸，我们宿居然就出现这个1！”宿友仰天长叹。

这可是乔，她们大四的学长。

学生会主席、话剧社社长，他们那个年段里第一个入了党员的乔啊！你觉得他是个书呆子吧，偏偏人家风趣幽默；你觉得他应该高高在上，偏偏对谁都很亲切；你觉得他学习好话剧演得好已经很棒了，偏偏蓝球他是主力，只要有他在，每场必胜。像这样的骄子，又生得这么好的模样，生来就是令女生疯狂男生嫉妒的人。

可是这样优秀的人，从未入过彬的眼。

“喏，东西在这里，你们谁做个好人，拿去还给他好了。”

彬对乔并没有过多关注，自然乐意做这个好人。就在大家都抢着要去给乔送钱包的时候，门口阳光忽然被挡住，大家自然地抬头向门口张望，这一看立刻静默了，所有人都注视着站在门外那个笑得温润的男生，心怦怦地跳着。

就连彬也无法否认，相比照片，当这个男生真的站在自己面前时，她的目光还是会不自觉地被他吸引过去。

这些小说中的情节，她向来是不屑的，所以一眼惊艳后再无过多表情。

“请问，是你捡到我的钱包吗？”

乔直接走到彬的面前，目光落在她脸上，看都没有看一眼正被众人哄抢的钱包，好似彬才是她丢失的钱包一般。

“是的。”

“谢谢，晚上一起吃饭吧，当作我的感谢。”

他眨眨眼，转身自然地拿回自己的钱包，没有等彬回答便离开。

彬愣在原地，心中有些不爽，传说中那个礼貌十足的乔学长，看来也不过如此，她有答应他吗？再说，谁需要他的感谢！

彬并没有打算去赴约，可是宿舍的花痴姐妹们却炸开了锅，纷纷怂恿着一定要她去，当然，也要带着她们。

彬拗不过舍友，只好同意，但心里已经准备到了晚上狠狠地宰他一顿。

能够有近距离接近学长的机会，宿友们哪能轻易放过。到了晚上，彬带着众姐妹一起赴宴，令她没有想到的是乔居然一点也不吃惊，似乎早就预料到一般，招呼着她们坐好，连点的菜份都正好是她们的分量。

其间，乔并没有表现出对彬有什么特别，反倒是对每个人都亲切得紧，为她们细心布菜，也不侃侃而谈自己的那些成绩，听到她们夸奖时也只是淡淡一笑，犹如春风令人舒心。

也是在这时，彬对这位学长，产生了好奇之心。

2

乔和彬是怎么在一起的呢？

那次聚餐结束后，大家一起朝校园走去，话题自然是围绕着乔展开，乔认真地回答了她们的每一个问题，哪怕只是无意中问的，他也以认真的态度解答。一餐饭下来，令众姐妹们好感瞬间爆棚，就连彬也对这位传说中的学生有了些许的好感。

直到宿舍楼下，乔的目光似星辰一般闪亮地看了彬一眼，又微微拉开一些距离对着她的宿友说：我喜欢彬，各位可愿意帮我追她？

“愿意，当然愿意！”

在他迷人的笑容下，彬的姐妹们像是失去了理智一般，恨不能此刻就将彬推入他的怀中，以完成他对自己的期待。

彬满脸通红，她没有想到乔会这样直接，更没有想到乔会对她另眼相看。也是到了后来，乔才坦诚当初是为了引起彬的注意，才将钱包故意落在餐厅，原想着她一定会送来，结果等了半天也没见人影，只好自己跑到她的宿舍，才听到她让别人来送的那段谈话。

那次表白之后，全校的人都知道了乔正在追一个平凡得再也不能平凡的女生，大家自然也对彬产生了兴趣，每天来围观的人一波又一波，彬还是如同往常一样做着自己的事情，对于那些围观者视而不见。

在这点上，乔与彬的方式是相同的。

他每天都到彬的教室里去找她，或是带些精致的美食或是为她讲解课题，有时候也会邀请她去自己的话剧社里观看，慢慢地彬的生活里充满了乔的影子，而这样优秀的男生也实在是令人难以拒绝，于是他们相爱了。

几乎所有人都觉得，乔和彬是不相配的。

可是没有人知道，彬对待这段感情止于试探，而乔却早已经情根深种。他从不掩饰自己对彬的宠爱，只要是彬不喜欢的他不会去做，只要是彬喜欢的他便会牢牢记住。

宿友们都感叹，彬究竟是走了什么狗屎运，居然被乔学长青睐。

这个问题，后来彬也问过乔。

乔说，在彬大一的时候他便注意她了。那天是新生刚入校的时候，彬拖着重重的行李，长相虽然不惊艳但却很清秀，自然有热心的学长过来帮忙。彬拒绝了学长的好意，但学长却坚持要送，结果被彬的一记眼神给杀了回去。

就是这记眼神，让乔记住了彬。

他觉得她一定是个特别的女孩。

他在等，等这个特别的女孩也会像其他女生一样注意到自己，可是这个女孩似乎只活在自己的世界里。有一次在餐厅吃饭，他分明听到她的宿友都在谈论自己，只有她认真地吃着饭，待宿友问她意见时，她才迷茫地抬起头问：乔是谁？

这一句，令乔哭笑不得。

从此，更加注意这个女生。

他也发现，其实彬与其他女生并没有什么不同，只是她做事更加专注，所以不会去理睬别人在说些什么，但就这是一点点的不同，就足以令乔心动。

喜欢一个人，有时候真的不需要什么特别的理由，只是在某种特定的场合给了对方一种别人给不了的感觉。

而爱，是日复一日相处后的产物。

3

从那之后，校园的各个角落里总可以看到他们的身影。

乔骑着单车，后面坐着白裙飘扬的彬。

乔打蓝球时，下了场第一个迎向他的是彬以及手中的保温杯。

乔练习话剧时，彬坐在下面静静观看，不时也会入迷，仿佛台上的早已经不是乔而是话剧中的主角，看到动情处也会随着落泪或欢笑。

最令乔头疼的，便是彬的课业。

好像大多女生数学都不好，而彬更是差得惨不忍睹，在乔无数次试过为彬恶补后，终于放弃，无奈地说：会加减乘除就很好了，至少将来买菜的活你是可以胜任的。

这些相处的细节，布满了杉的大二生活。

乔喜爱计划，最令彬动容的是，在他未来的蓝图里，每一块都有她的参与。慢慢地，她从最初的好感到喜欢，再到如今的深爱，已经无法自拔。

可是，乔大四了。

他的优秀让很多当地与外地的企业都向他伸出了橄榄枝，她知道他在犹豫，却不敢轻意去问他的想法。

大学毕业便分手，像是一个魔咒一般笼罩在每一对大学情侣的身上，两地分隔最初是会产生美感，但长久分手最终的变数是谁也无法预料的。

那时，他们都已经不愿再离开彼此，也认定了彼此就是自己的唯一。但是，现实终归是现实，若是留在本地发展自是不错，但终是没有发达城市的机遇更多。

那段时间，他们谁也不提选择这件事，只是更加珍惜与对方相处的时间。直到乔的导师一再催促与给出好的建议，他不得不面对时，才下了决定。

那晚，他约了彬在第一次聚餐的餐馆见面。彬似乎也有些预感，刻意打扮了一番。她想，即便此刻就要分离，也要将最美的一面留给乔，何况只有暂别，待两年后她毕业了，一样可以去找乔的。

虽只是安慰自己的借口，但还是添了许多勇气。

在回去的路上，他停下脚步，路灯照出一小片光晕，他直视她的双眼说：我选择留下，别担心。

彬抬起头，看着他安慰的眼神中有一缕错愕，虽是欣喜但也终是有些难过。她不希望他们的爱情成为阻碍他发展的原因，但又无法开口说让他可以离开的话。她想，自己到底是自私些，虽然毕了业，但至少在原地，相见还是容易的。

就容许她自私两年，两年后无论哪里，她都跟着他去。

她踮起脚尖，轻轻地将自己的唇印在他的唇上，他的唇有些凉、而她的唇是温热的。路灯下，两个人影交织着，诉说着年轻时最单纯美好的爱恋。

4

乔无疑是优秀的，刚投入工作便做出了许多成绩。彬知道他工作了，自然是要忙碌，不像还在校园时那样自在。但只要有时间，不是乔来学校看她，就是彬利用周末的时间跑到乔的租房里帮他打扫。

每次周末，彬都会买好菜。

有时候乔要加班她便会乖乖在家里玩着电脑等他回来，而乔不加班的时候也会陪着她上街，为她购买一些她喜欢的小物件，但每次彬都挑选一些十分便宜的东西，她的心意乔自然也是知道的。

乔时常说，待她毕业了，他的工作也走上了正轨，她就不必再为找工作而烦心，就留在他身边好好照顾这个家就可以了。

“那你是要我毕业就嫁给你吗？”彬撅着嘴，表情甚是不满，“我才不要呢，我也是有理想抱负的！”

“你？”乔大笑笑了出来，“你就算了吧，虽然做事认真但脑子实在是不大灵光，就安心当乔太太，否则我还得担心你出门就让人卖了！”

“喂！”

她反驳的话语没来得及说出口，便被他的吻给堵上了。

日子，似乎甜蜜地朝着他们期待的方向发展。

那么，究竟是什么时候开始变的呢？

多年后的彬回忆起那段时间，记忆已经变得模糊。

只是那种患得患失的不安感在忆起的时候还十分清晰。

她不知道是从什么时候起，乔变得越来越忙。而她的课业在大四的时候也变得十分繁重，两个人见面的时间越来越少，彬也是在乔整整一个月没来学校看她，在宿友们的提醒下，才惊觉，这一个月两个人说的话没有超过十句。

宿友们的危言耸听她并没有放在心上，她知道乔忙，于是想着待自己有空便去看她。但那个周末，她向乔提出去见他时，被拒绝了，起初她也没有在意，以为乔正在开会或是在和同事谈事，声音才会那么小心。

原本以彬的个性是不会去打扰他的，可是那天是彬的生日，虽然不会气乔忙到忘记，但终究是有些失落。

想了想，还是坐上公交，买了蛋糕准备给去乔一个惊喜。

当她来到乔的出租屋，自然地掏出钥匙去开门时，突然发现门打不开了。她眉心一皱，一种不好的感觉涌上心头。

屋里响起了走路声，彬怔怔地愣在原地，听着那个脚步离门越来越近，然后门被拉开，一个长相甜美的女生出现在她的面前。

“你找谁？”女生问，声音却不同她的外表，听着十分干练。

“抱歉，我好像……”

“莹莹，是谁啊？”

彬的话音未落，里面便传来了乔的声音，他跟着走出来，看到彬时整个人也愣住了，神色慌张。

若是之前她还在想乔的解释，那么此刻他眼中的慌乱已经说明了一切。

更令彬心寒的是，乔的慌乱并不是因为彬发现了什么，而是乔害怕眼前这个叫莹莹的女生知道自己的身份。

“抱歉，我男朋友住在这附近，我走错门了，打扰了。”彬强忍着泪水，努力地笑着说，面对莹莹怀疑的眼神，彬又将手中的蛋糕递了过去，“这个蛋糕，送给你们吧。对不起，我只是忘记我男友早已经搬走了，我们也已经分手了，今天，今天是我的生日……”

莹莹接过蛋糕，看着这个清瘦的女孩缓缓离开的身影，转过头对着乔说：这个女孩真可怜，好像神智有些不清了，大概是受了刺激了吧。

“别理会了，快进来吧。”

乔将莹莹拉了进去，留给彬的只是那重重的关门声，就像砸在她的心上。

5

偌大的城市，空旷的黑夜，沉沉地压在彬的心头。

她漫无目的地走着，走着，看着人们从她的身边经过，她已经无法思考，也无法言语。她不知道自己究竟想做点什么，只是不停不停地走着。

不久，乔发来消息：

抱歉，我们分手吧。

彬凄凉一笑，连一个解释他都不给。

“给我一个死心的理由。”她回。

“出了校门你就会懂这个社会有多现实，她能够给我的，是你给不了的。即使，我爱的是你，现实却让我不得不选择她。如果有什么抱歉的，只是没有提前告诉你。我不知怎么面对你，也不知怎么开口。对不起，祝你幸福。”

彬抱着这条所谓解释的短信，在无人的街头仰头大笑。

笑到声音嘶哑，泪水终于落下。

她是恨的，恨这个男人到了最后还一副冠冕堂皇的模样，恨自己识人不清，恨自己太傻，居然没有察觉到他的不对，还傻傻地想着要为他做的一切。

最可怕的，便是还在计划着与你的未来，你却早已经抽身离开，而我傻傻不知。

那天之后，彬像变了一个人。

从不把学业放在心里的她，开始发了狂的努力，不仅课业上，就连业余时间也报了各类选课。宿友们都不敢询问她究竟发生了什么事，只能默默地关心她。

在毕业后，她选择离开这所城市，到了当初乔想要选择却放弃了的发达城市工作。一整年，她几乎没有休息的时间，为了让自己更加优秀，除了将精力全都投入在工作之外，还报了外语加强班，很快公司领导的高层便注意到她，而她也在一年之前升上了管理层的位置，工资自然也翻了同学们好几倍。

她想证明，改变一个人的并不是这个现实的社会，而是一个人的心。

她想要变得更优秀、再优秀一些，这样她便可以骄傲地去见乔，让他羞愧让他后悔。当初他放弃的，是能够做到更多的她。

一年……

两年……

在第三年，彬终于在这个城市买了一套属于自己的房子，还有一辆属于自己的车。

这期间所有的追求者都被她拒绝了，她知道自己心中还有一个结没有打开。于是，她开着车，绕过好几个城市，优雅而从容地回到了母校。

那是阳春四月，春暖花开的日子。

她在母校拜访完老师得知乔现在的住所后，便驱车到达那个小区前。

她在车里等了很久，终于看到一身疲惫的他，眉宇间深深的落魄，在夕阳的余晖下，他早已经不是当初那个少年的模样。

她推开车门，远远地看着他，张了张嘴突然发现，她已经喊不出乔的名字，甚至不敢肯定眼前的这个人真的就是乔，而不是与他相似的男子。

原来，在时光中，她早已经忘了他的模样、他的名字。

那些用力去爱过、恨过的日子，原觉得是那么重要，此刻却变得微不足道。

这一刻，云淡风轻。

彬看着他走进楼道里，似发觉了什么一般，他突然回过头，他看到阳光下那精致美丽的女子一身红衣，全身上下无一不是名牌，打扮时尚得体，高贵逼人。

乔一怔！

眼里是掩不住的惊艳和错愕。

她浅浅一笑，他也微微点头，两个人没有一句言语，却在这短短的沉默中，记忆穿梭了时光，粉碎了恩怨。

那些过往，在这短暂的相遇中，烟消云散。

彬想，终是该感谢他，若没有当初的他，便不会有现在的自己。只是时过境迁，放下之后，她终于可以做回自己。这个充满了回忆的城市，再也不属于她，她的幸福将会在另外一个属于她的城市里，开花结果。

听完这个故事，我沉默了许久。

我想到了自己，想到了表姐，想到了身边很多很多的人。

有时候我们不肯放下，不肯放过，究竟是因为爱得太深还是心里的不甘心？彬为了乔，用三年的时间去拼命去拼搏，就为了证明自己能带给他的，不比那女孩少？

这该有多傻!

好在她的努力没有成全她的爱情，却终归成全了她自己。

但这个世界上，还有更多的人，为了自己深爱的人，不顾一切去做了伤人伤己的事，那些女子的结局，又何其悲哀?

我想。

哪怕以后,都不能再和我的那个他在一起,我也要努力生活。

不负自己!

这个世界上，还有更多的人，
为了自己深爱的人，

不顾一切去做了伤人伤己的事，
那些女子的结局，又何其悲哀？

第三部分：
永不永不说再见

——最真的感情是暗恋，最美的感情是有所遗憾。任何恋情都如此美好，只是你来得太晚，所以没得到。

最美的话在于不说

1

遇安：

你会不会怪我的怯懦，曾经离开你只是为了你好。我过得很不好，你在哪里？

——2010 年 10 月 21 日

遇安：

我终于成立了自己的公司，我答应过你的父亲，等到有能力给你幸福再去和你在一起，可是现在你在哪里？过得好吗？我很想你。

——2011 年 8 月 19 日

遇安：

公司的发展没我想象中那么顺利，我很需要你，但是却找不到你。

——2012 年 3 月 6 日

遇安：

合作伙伴问我是不是不喜欢女生，我等你回来证明给他们看。

——2013 年 5 月 7 日

遇安：

我突然很想你，回到了曾经那个游乐场，样子一点都没变。等你回来我再带你去坐旋转木马，这次我和你一起。

——2014 年 9 月 13 日

遇安：

我记得你的梦想是当一名记者，我接受了很多采访，其中会不会有你？我过得很不好，因为总是想你。

——2015 年 4 月 7 日

早上苏瑾满怀心事到陈慕白办公室的时候，桌面很干净。

唯独一本笔记半开着。

几页纸张随着苏瑾慢慢靠近的脚步微微晃动，而陈慕白一脸倦容地靠在椅背上休息。陈慕白很珍惜这个笔记本，即便是苏瑾偶然看到陈慕白在上面写字，他也会匆忙把笔记本藏在办公桌的抽屉里，不给任何人看里面的内容。

出于好奇，苏瑾蹑手蹑脚拿起笔记翻看，却没想到陈慕白苍劲有力的字，像一块块尖利的沙子凶狠地刺入苏瑾的眼里，眼泪顿时抑制不住地夺眶而出。

苏瑾努力地想要忍住抽泣，哽咽的声音却还是惊醒了陈慕白。

他半眯着眼有一瞬间的恍惚，随后就被一个毫无温度的冷漠眼神所替代，一把将笔记本抢回去，砰地一声大力关上抽屉，苏瑾从没看到过陈慕白发这样大的火：

“谁给你的权利让你随便看我的东西？”

“遇安？就是你跟我提过的那个女孩吧。”

苏瑾答非所问。

陈慕白扭过头去一脸的不耐烦，理了理西装，将苏瑾推开：“你应该知道什么该问什么不该问。”

陈慕白站起来，转身欲走。

“那你是不是也应该知道我喜欢你？一直都喜欢你！”一句话，让陈慕白前行的脚步顿住了。

2

苏瑾应该是在陈慕白和苏遇安分开的第四年认识的。

那天是陈慕白的大学同学聚会，大家都出双入对，唯独他孑然一人。

本来早就已经习惯，那一晚却还是满怀心事。

晚宴上，陈慕白一个人开着车不知不觉就到了和苏遇安最后一次相见的游乐园，他抬头望去。混迹商场这么多年，他一直以来都是克制的，今晚只不过就是看到几个出双入对的人罢了，竟会跨越半个城市来到这里。

陈慕白自嘲地摇了摇头，解开安全带推门而下。

深夜12点，只有树枝上还挂着的彩灯闪烁不停，其他的游乐设施早已昏暗，路灯的光芒投射在陈慕白的身上，偌大的游乐园只有他一人，地上的影子拉得纤长，显得他更加孤独。陈慕白慢慢地走向旋转木马，手指轻轻摩挲着护栏。

四年前。

他也是在这个位置。

看着一个天真可爱的女孩在旋转木马上放肆大笑。

最嘲讽的不是物是人非，而是佳人远走，旧物未变。陈慕白轻轻合上眼睛，好像这样他就能回到从前。

“先生？”

突如其来的一声召唤打乱了陈慕白的思绪，他斜眼看着那个声音的主人。

“先生，这么晚了，游乐园已经打烊了，明天再来吧。”

本来陈慕白可以转身离开，可是那个女孩笑得没有任何防备，眼神里散发的骄傲却是浑然天成，那样子像极了当年的苏遇安。

一向惜字如金的陈慕白却在这时想和这个女孩说说话。

“这么晚，你一个女孩子在这里不害怕吗？”

“没办法，白天上班，晚上兼职啊。”说着女孩耸耸肩一副不以为意的样子。

“你很缺钱吗？”

“是的。”嘴巴里这么说着，语气却没有一点自卑。

“如果没有意外的话，她也应该和你一样在实习吧。”陈慕白若有所思地呢喃，声音很小，以至于听得不真切。

“她？谁？”

陈慕白笑笑：“没什么。”

低头想了想又道：“你有没有兴趣来我的公司上班？”

陈慕白直视着的女孩清澈眼睛，声音魅惑勾走了她的半个魂魄，谁能想到半夜在这里打扫卫生，却有一个长相帅气的人想要为她提供工作机会，这种小说里的情节，听起来总让人觉得不信服。

她还在思考刚刚陈慕白话里的可信度。

“没关系，想好了可以来找我。”陈慕白用两只手指夹着一张名片放到她面前，转身离开。刚走出两步又想起什么转身询问：“你叫什么？”

“苏瑾。”

陈慕白一怔。

一样的神态，还有一样的姓氏……

身兼数职的状况让苏瑾疲惫不堪，刺耳的闹铃又将她从美梦中吵醒。

机械地关掉闹钟，不经意瞥到桌上印着“陈慕白”三个烫金字体的名片。想到陈慕白清澈温柔的目光，苏瑾鬼使神差地把那串号码输进手机，按下了呼叫键。

“陈总，我是苏瑾。”

“苏瑾……？”

苏瑾听着陈慕白拉着长音，心里开始打鼓，底气不足地询问：“陈总，不知道你昨天晚上说的话还算不算数。”

“当然，你现在就可以来我这里报道。”陈慕白像是终于想了起来，立刻就应允了。

他向来说话算话，对苏遇安是，对苏瑾也是。

3

苏瑾专业能力强，八面玲珑。

陈慕白越来越信任她，只要有应酬都会把苏瑾带在身边。

渐渐地，他们的关系也不只局限于同事。合作伙伴以为陈慕白突然开了窍，谈了女朋友。每每有人这样调侃他们，苏瑾都会在一旁默不作声，害羞却微笑地看着他，在外人看来俨然已经是一对恩爱的恋人。

可陈慕白却不慌不忙地解释：“只是妹妹而已。”

苏瑾的目光从陈慕白的脸上尴尬离开，与众人一起举杯再酌一斟。

那一年，公司对今后发展展开了激烈的讨论，建议将公司扩大，总部迁移到更大的城市。可是无论股东怎么劝说陈慕白，说明现在设计的产业不适合留在这个城市，陈慕白都不为所动，气得股东甩袖离去。

陈慕白靠在会议室的墙上痛苦地抓着头发。

头一次，他像个孩子一样茫然无措。

在他背后是巨大的落地窗，站在那里，全城的景象尽收眼底，可是谁又能明白陈慕白的无奈。

苏瑾轻手轻脚地走到陈慕白的身旁，双手搭在陈慕白的肩上，很久之后，苏瑾才想起这竟然是他们绝无仅有的一次交集，仅仅那么一次，就让他们的心变得如此贴近。这时候的陈慕白像个孩子一样没有了平时的意气风发，两眼通红地看着她。

有茫然，有无助，有难以抉择……

而苏瑾不懂。

“走吧，带你去个地方。”

车子停了下来，那是她和陈慕白第一次相见的游乐园。

苏瑾将一瓶冰啤酒递给他，在他的身边坐下：“一个大男人半夜在游乐园发呆一定不是偶然，这里对你很重要吧？”

苏瑾只是随口一说，没想到陈慕白倒是给了她一个肯定的答案。

他喝了一口啤酒，辛辣的酒液顺着喉咙流下，更多心酸涌上心头，陈慕白靠在靠椅上眼神落寞的看着苏瑾："想要听听我的故事吗？"

"当然。"

有时候我们无法走进一个人的心，是因为无法了解那个人内心的秘密。

所以当那个秘密毫无预兆呈现出端倪，两颗心的距离将会不知不觉地拉近。

然而这种时候，很多人都不懂，无论他们的心拉得有多近，她们永远都接触不了那个属于另一个女人的专属城堡。

而当主人公出现的时候，之前所努力的一切，也随之冰封瓦解。

因为还不懂，所以选择继续努力——

努力靠近，努力等待，努力聆听。

那年，苏遇安只有十七岁。

是个连高考都没有参加高三生。

而那时陈慕白是一个靠着奖学金和打工生活的研究生。

他们能够有交集也是因为那个暑假陈慕白做了她的家教。

第一次见面陈慕白向苏遇安打完招呼，看着她呆呆地直呼他名字的样子实在可爱。那时候陈慕白觉得这个女孩一定既单纯又乖巧。

事实证明，陈慕白的猜测没有错。

7 月 14 日是苏遇安的生日，那天，她上课总是心不在焉，陈慕白有些愠怒，却还是耐着性子对她说 :“生日快乐。”

苏遇安却得寸进尺要陈慕白陪她去看电影，陈慕白不忍心看到她失望，只好答应。谁知道电影散场，苏遇安突然从身后搂住他对他表白。

“我爱你。”

软软的声音从苏遇安嘴里传出，让陈慕白心中一震，第一时间竟然不是想到他们之间的师生身份，而是同样也想把她搂在怀里。

但他最终却还是忍住，残忍地拒绝了她。

“为什么忍住了？”听陈慕白这样么怎么都觉得他对苏遇安也有好感。

“她还太小。”

后来陈慕白因为家里有事向苏遇安的父亲请了几天假，家里的事情解决后，他把妹妹送上计程车，转身准备收拾东西去给苏遇安上课，却被一个熟悉的声音叫住。苏遇安在他身后歇斯底里地问他那个女人是谁，陈慕白被她的无理取闹逗笑。

他第一次耐心地向她解释：“她是我妹妹。”

他知道，那时候，自己的理智就已经向内心妥协了。

公交车上，陈慕白突然觉得苏遇安坐在身边的时候，连周遭的空气都清爽得让人舒心。那是他唯一一次改变了自己的原则，尽管没有明确表示，但他知道，这个聪明的女孩应该已经看透了他的心思。

陈慕白以为他可以等她慢慢长大，然后再给她承诺。

那时候，他可以光明正大地告诉她，他爱她。

一切都如想象中美好。

他们虽然没有说明，但明显感觉得到两个人之间少了一层隔阂，可是这一切却都被苏遇安的父亲看在眼里。

他们的事情遭到苏父的阻止。

苏父的话像当头棒喝敲醒了他，他明白，如果真的爱一个人不是要给她幸福，而且要让她实现自己的价值，而苏遇安现在正是高考的紧张时刻。

陈慕白知道，要想让遇安心无旁骛地完成学业，那么他不管多痛苦也必须选择离开她，他开始对她疏远，冷漠。却不成想这竟伤了遇安的心。

这个丫头竟然比他还狠，高考之后直接报考了一个很远的城市，一心想要远离他，一副永远都不会原谅他的架势。

他本想去那个城市找她，可他明白苏遇安的性格，那样只会让她更加远离他。

所以，他只有等。

在他们相识的这个城市。

等待她归来。

“这就是你不愿意把公司迁离这里的原因？”

陈慕白点头：“这里怎么说都是遇安的家，我怕她有一天回来会找不到我。”

有时候守在一座城不是为了那里的风光，更是守着一个人和曾经的回忆。

陈慕白自始至终都相信，就算苏遇安躲他，也不可能永远不回来，毕竟她的家在这里，总有一天她会回来。那么他就一直在这里，就算周遭有数不清的阻碍，听不完的质疑，他也要等她回家。

苏瑾静静地听着，陈慕白字里行间都透着对苏遇安的想念，一字一句，都让她的心尖刺刺地痛。

一直以来。

她以为只要安安静静地陪在陈慕白的身边，时间一久就可以得到他的眷顾，能够让他的眼神在自己身上有一瞬间的停留。

原来这一直都是她一厢情愿。

这个世界不是久伴就能动心，爱情一直都是先入为主。

苏瑾用力地吸了吸鼻子，试图将眼泪咽下。

“你哭什么？”

陈慕白不明所以地看着她。

像是突然想到了什么，他微微沉吟，说道：“对不起。”

“你想多了！”苏瑾努力笑起来，“我是因为你的故事感动啊，原来从来不近女色的陈总却是个情种。”

“……”

“你一定要在这里发展事业吗？”

陈慕白收起了伤心的神态坚定地点了点头：“对。”

苏瑾笑容苦涩，故作轻松，努力想要缓解气氛：“说出来好些了吗？”

陈慕白也认识到自己的失态，好像每一次都是因为那个埋在心底的名字，他有些尴尬，便站起来掩饰自己的不自然。

“走吧，很晚了。”

苏瑾坐着不动，随手把车钥匙扔给他：“你自己想办法回去吧，我还有事。”陈慕白不再推脱，转身便离开了。

一直以来，大概他只担心过苏遇安一个人回去是否安全吧。

苏瑾看着他消失在街头的车子，深深叹息。

4

“苏瑾，不是我说你，你这两年跟在陈慕白身边都得到什么了，总是为他着想。”晚上几个投反对票的股东聚餐，苏瑾打了出租车直奔酒店。她把公司选址的利弊分析的通透，希望股东们能够答应陈慕白的决策。虽然她心里也没有把握，却还是咬牙坚持，却换来了一个个老气横秋的股东们的冷嘲热讽。

“没有他就没有现在的我。”苏瑾避重就轻地回答。

她说的没有错，没有陈慕白提供的工作机会就没有现在的苏瑾，可是回报陈慕白的却是苏瑾的整个人生。

“这么说，你为了他什么都肯做？”其中一个股东狡黠地问。

“是。”苏瑾不假思索地回答。

“好，把这些酒干了我们就答应你考虑考虑……嘿嘿……”

苏瑾看着那猥琐的目光，有些迟疑：“只需要干了这杯酒？”

“我说的话你都不信？那你总该相信其他几位吧？再说，不然你以为我们想让你干什么？”

苏瑾看了看其他几位股东，那几个股东对视几眼，有几个稍有犹豫也纷纷跟着劝了起来：“来来，你先干了我们再说，这个事情，我们还需要从长计议不是吗？”

苏瑾知道自己没有别的选择，如果只是喝几杯酒，就能换来一线希望，她还有什么好犹豫的。想着，便毫不犹疑接过那杯酒一饮而尽，辛辣的味道令她头痛欲裂，被酒精灼烧的嗓子说不出一句话。

“好酒量！小瑾啊，没想到你不但人长得漂亮，酒量还这么好！来，再喝一杯……”

“再来一杯！”

“没喝尽兴怎么撤销公司迁移的计划？干了这杯……”

苏瑾也不知道自己究竟喝了多少酒，只记得一杯接着一杯，喉咙里只有辛辣的酒味，朦胧中，感觉自己被人搂进了怀里，她用尽了力气也没有推开，最后的记忆是她被扶到了一张大床上，之后便是无穷无尽的深渊……

第二天清晨，阳光照进房间暖洋洋的，轻盈地洒在那赤裸的胴体上，苏瑾感觉头痛欲裂，浑身酸痛到不能自己，胃里像是火烧一般尖锐地疼着，一阵恶心的感觉让她的大脑更加昏沉。

她怔怔地坐在床上，像失去了灵魂的玩偶。

过了很久，她才艰难地穿上散落满地的衣服，拿出手机按了110，却怎么都没勇气按下去。最后，颓然倒在床上，双眼无神地盯着天花板，想哭泣都没有力气。

陈慕白第二天一早准备再次和这几个顽固的股东谈判，可还没等他费几句口舌，那些股东就已全票通过他的决定，陈慕白正在纳闷他们的突然改变，股东们却都异口同声地对苏瑾赞不绝口：“慕白啊，你可算找到了一个好秘书。”

陈慕白正在揣摩他们话里的含义，便被医院的电话打断……

苏瑾很瘦。

宽大的病号服在她身上松松垮垮的，显得更加瘦弱。

她的长发披散在肩头，眼下有重重的黑眼圈，嘴唇发白带着青紫，看上去没有一丝生机，一眼看去，简直就像个女鬼。她抱着膝盖坐在窗台上，十指用力地抓着裤脚，双眼空洞，看着窗外轻轻地发抖，零碎的记忆像拼图一样在她的脑海里渐渐拼凑起来，形成一幅无比肮脏的画面。

那一刻，她不敢保证，如果陈慕白晚一秒钟叫她，她会不会从这里跳下去。

“苏瑾——”

听到熟悉的声音在耳边响起，苏瑾猛地回头。

此时，她深爱的人满脸急切地看着她，她第一反应就是逃，她不想被他看到这个样子，也不知道以后该怎么面对他。

可是，陈慕白冲过来抓住她的肩膀，直视她的眼睛，不许她逃避。

那神情击败了她所有的坚强，一刹那，眼泪便毫无保留地全部倾泻而出，倾诉着内心的委屈。

“这一切到底是什么回事？！”陈慕白被她的样子吓了一跳，他从来都没有看过苏瑾哭得如此无助。

“那些股东同意了吗？”苏瑾死死咬着唇瓣，将眼泪咽下去，挤出一丝微笑，艰难地在喉咙里挤出这几个字。

陈慕白点点头。

那几个股东的手段他不是不知道，一个比一个老奸巨猾，怎么可能这么轻易答应他的提议。

“你答应了他们什么？怎么会弄成这个样子？”陈慕白第一次对一件事的真相感到恐惧，他甚至有些不敢听苏瑾的答案。

“答应了就好……”苏瑾如释重负地摇摇头，垂眸避开他的眼神，“我没事，让我陪他们喝了一些酒而已。”苏瑾云淡风轻地回答，在最爱的人面前，无论受过多大的委屈，为了他，她都甘愿忍下，只为换来他的心安。

“只是这样？”

“对啊。”苏瑾扯出笑容点点头，为了证明自己的话可信，还刻意指了指嘶哑的嗓子，“喏，嗓子都哑了。”

“傻丫头……”陈慕白松了一口气，把苏瑾的碎发别在耳后，他真不知道，万一苏瑾出了什么事，他该怎么去补偿她。她总是为了他的想法做出努力和牺牲，可是，他却无法接受她的心意。对苏瑾，他只有满心的愧疚和感叹，只因为他的心里已经有了遇安。

公司上市那天。

几乎是这六年来陈慕白最高兴的一天。

那天他喝了很多的酒，苏瑾把他扶到酒店，陈慕白靠在她的肩上一声声地呢喃："遇安，你知道吗？我成功了……遇安，我不用离开这里，我会在这里一直等你。我好想你，遇安，安……"

苏瑾从开始安静地听着他声声呢喃，字字深情。

到渐渐地身体开始发抖……

最讽刺的大概就是此刻，你全心全力，尽心尽力地陪在心爱的人身边，却要听着他口口声声表达着对别人的爱……

心，刺痛到无法忍受。

"遇安，遇安……"陈慕白却猛地将她压在了床上，她一怔，很快像是想起了什么，惊恐地反抗，用力推开他："陈慕白，看清我是谁。"

"遇安……你就是遇安，看看，你眼神那么的骄傲，不是我的遇安还会有谁？遇安，你知道吗？苏瑾的眼神很像你，可再像，她也不是你，不是你，这个世界上，再没有人能比得上你……我只爱你，遇安。"

陈慕白看着她傻笑，再一次将她扑倒，重重地吻上她的唇。

"遇安，我好想你。"

苏瑾任由他吻着，眼泪不由自主地流下来。

见他开始撕扯她的衣服，苏瑾再也克制不住，将他推开，胡乱穿上半褪的外套，狼狈地夺门而逃。

我不介意代替她成全你梦里的记忆；

可我介意，连做她的替身都不能让你满意……

我不介意做她的替身来满足你；

可我介意，我再也不是当初那么美好干净的自己。

你是不是也曾这么卑微过？

那一天，他如同从梦中走出，笑着迎向你。

你以为期盼已久的好运降临，却不过是因为你的一个神情，或者一微笑和另一个人很像，于是就永永远远地变成另一个人的替身。

为了他你尝尽痛苦也都甘之如饴，到头来却发现他的心从来就没有为你有过一丝停留。

你卑微成尘埃，甘愿成为她的替身，却发现连做她的替身都会让他觉得是对她的亵渎。

献尽爱，竟是哀。

5

苏瑾依然挂着最美好的笑容，慢慢地，她开始试着忘记那晚的一切。或许，只要苏遇安一直不出现，她就能一直陪在陈慕白身边，哪怕是这样静静地陪伴他，她也觉得知足。可是造化弄人，命运总是喜欢捉弄用情至深的人。

那天，陈慕白像往常一样接受了某家杂志社的采访，却没想到迎来自己苦苦等了六年的爱人。

陈慕白明显怔住了。

支开原本和他说笑的苏瑾，眼睛眨也不眨地看着苏遇安，他幻想过无数种和她重逢的画面，却没想到她竟然出现得这么突然。本以为六年没见，苏遇安会像从前那样有数不尽的话题在他耳边喋喋不休，却没想到欣喜的只有他一人。

苏遇安对他的态度如同对待一个陌生人。

她的淡漠让陈慕白渐渐冷静下来。

采访内容都是一些常规问题，没有同其他杂志社那样盘问他的私事。

一直以来，陈慕白洁身自好，没有一点花边新闻，更是对那些无中生有的绯闻嗤之以鼻，不过，他并不介意苏遇安问他的感情生活，甚至希望她问，这样至少可以让他觉得，她还有一点点在意他。

但苏遇安并没有。

直到采访结束，陈慕白都有些回不了神："遇安，你……真的是长大了。"

"人总是会长大的。"她收拾采访记录的手一顿，动了动嘴唇还想说些什么，开口的话却变成了："你原来说不喜欢我的张扬，可刚才的那个女人的气势似乎并不比我差。"

她低下头，额前细碎的头发盖在眼睛上。

陈慕白有一时的错愕：“这话，是在吃醋？”

“陈慕白，你终究还是变了。”

她一句话就矢口否认了陈慕白所有真心和坚持，他有些委屈，紧接而来的却是满心的欣喜。

他没有否认，只是狠狠地将苏遇安揉进了怀里。

苏遇安狠狠地将他推开，转身便往外走，陈慕白急忙跟了出去。

苏瑾看到苏遇安的第一眼就认出了她。

因为这个女孩跟她真的很像！

尤其是当她看到陈慕白的目光由最初的呆滞，到震惊，再到欣喜如狂，她就知道：她回来了……

整个世界仿佛都开始崩塌，她不知道自己接下来该怎么办？明天该怎么办？以后的日子又怎么办？

当苏遇安站在陈慕白身边的时候，她突然觉得，自己在这个世界上变得那么多余……

见他们离开，苏瑾大脑一片空白。

茫然无措地拿了钥匙，赶在他们离开之前躲进了自己的车里面。

她坐在车上，手指因为用力握着方向盘而泛白。

车外的陈慕白用力抱紧和自己有几分相似的遇安。这是她梦里出现了无数次却永远都无法实现的愿望。即便是这样，苏遇安还是几次用力地推开陈慕白，发狠甩了他一个耳光然后骄傲地转身。

苏瑾终于明白。

为什么陈慕白在喝醉酒时还是会说出苏遇安比她骄傲？她当真自愧不如，因为苏遇安的骄傲是陈慕白给的，是在被扇耳光后，还满眼心疼地看着她的背影的放纵给的。

那种眼神同时也击碎了苏瑾的所有幻想。

6

眼看苏遇安走远，陈慕白立刻追了上去。

苏瑾心底突然涌起一股歇斯底里的冲动，她拉开车门，不顾一切地冲了过去，用力地抓住了苏遇安的胳膊。

“苏遇安，你凭什么这么对他？如果你不爱他，我爱。如果你不喜欢他，我喜欢！你知道他为你做了多少事情，你知道他为你受了多少委屈磨难，你凭什么什么都不问什么都不去了解就打他？”

“……”

苏遇安吓了一跳。

等她看清拉住她的女生正是那个待在陈慕白身边很张扬的女孩时，不由得更加愤怒，只是，不等她开口，陈慕白已经用力将苏瑾的手拉开。

“苏瑾，你疯了吗？你在做什么？”

“我喜欢你！陈慕白，我喜欢你你不知道吗？我是疯了，我就是因为喜欢你喜欢到发疯了，那又怎么样？你心里永远只有这个对你不屑一顾的苏遇安！”苏遇安的出现，让苏瑾几乎崩溃了，满心的恐惧和茫然摧毁了她内心最后的坚强，毫无形象地哭喊，“陈慕白，我爱你——”

两人都因苏瑾突如其来的表白而愣住了。

片刻后，陈慕白走到苏瑾的面前，语气冰冷：“早知道你会对我动心思，当初就不应该给你工作。”

“可是陈慕白，当初是你主动提出要我过来工作，并不是我苏瑾死缠烂打可怜兮兮地求你……”

如果当初，陈慕白不是把她当作苏遇安的替代品而让她来公司，之后又处处为她考虑，对她关怀备至。

她也不会对他萌生爱慕。

也或许陈慕白留她在身边，不过是怕自己某一天等遇安等到累了，转身还有她的怀抱？难道陈慕白到今天才知道自己喜欢他吗？可如今，他却要把这一切推给一个为了他死心塌地的女人身上。

而一切，只不过是怕苏遇安误会。

苏瑾的最后一点力气也被陈慕白的这句话抽走，缓缓滑坐在冰凉的地板上。

翌日，苏瑾拿着辞职申请来到陈慕白的办公室。

还未开口，陈慕白就扔给她一个信封："昨天打听了一下，永易公司有更合适你的职位，这是推荐信，你可以考虑一下。"

苏瑾看了他一眼，突然就笑了。

她没有再说一句话，默默地拿起推荐信，转身离开。

这一次，她想像苏遇安那样骄傲，骄傲地离开。

她相信，以后，她再也不会像两年前那样，陈慕白只是一句"你和我走"，她就乖乖来到他身边；两年后他觉得她多余，立刻就毫不犹豫地让她离开。

一直都是这样，她的一切都因为他的感受而决定。

她不怪陈慕白的决然，甚至有些后悔，也许只要一直装傻，不问身份不问真心，只是那样静静地陪在他身边，他们还会像以前一样？

原来，有的话说出口，就连朋友都没得做。

原来最美的话在于不说。

苏瑾已经不想知道，陈慕白最后究竟有没有和苏遇安在一起，但她知道陈慕白和苏瑾再也不会有以后了。

分分合合都是缘分使然。

或许在某一天，苏瑾望着窗外，还会想起她和陈慕白在一起的时光，也还会想象，某一天若是和他相逢，两个人形同陌路好一点，还是该互道安好？

这两年来的风风雨雨，欢声笑语终抵不过人心冷暖。

世间最深是深爱。

世间最凉薄的，转身亦是深爱。

十里春风不如你

听完这个故事，心里五味杂陈，我心疼这个女孩，却也对此感到无奈，爱和不爱那么接近，却又那么遥远。

如果苏遇安不出现，苏瑾或许最后真的可以和陈慕白修成正果，相守白头。

可是苏遇安出现了。

所以，他们转身天涯，从此陌路。

苏瑾是我的一个读者。

她喜欢我的书，给我发来关于这个关于她的故事，像这种比电视剧或者小说还离奇精彩的故事，在生活中并不多见，而我也因为感动于她的深情而加了她的 QQ，而后认真听完了这个关于深爱与凉薄的故事。

也许到这里，故事应该结束了。

偏偏我是个好奇心极强的人，我特别好奇陈慕白和苏遇安最后有没有走到一起，于是要了陈慕白的联系方式，又经过各种波折，找到了苏遇安。

我相信，能让一个人如此痴守的感情，终究不会寥寥几笔形容的那样简单。

那天采访结束后陈慕白送我回家，他跟在我身后，我们一前一后地走着，一路上我们两个人都默契地选择缄口不言。

车辆一直在平稳地前行，可我依旧明白我和他之间就如同这条归途，终究会有终点，之后的日子便只有我一人。

尽管这是我好多年都不愿提及的。

但是，斗转星移之间我不得不承认，时光将我们打磨得都不再是最初的模样，我们所能拥有的只不过是一些无法放下的曾经。

窗外五光十色的霓虹灯鬼魅非常，街上的人光鲜亮丽，不给孤独者一丝容身之处，犹如当年我在这座城市狼狈得无处遁形。

苏遇安抿了一口咖啡，缓缓道出了她的故事……

1

高二结束的暑假，苏遇安还未满十七岁。

那时候她带着不与四季共舞的眼光，看山不是山，看水也不是水，所有人的目光都放在苏遇安的高考上，而苏遇安却渴求着一场惊天动地的爱情。

至今她仍清楚地记得，那是放假的第二天。

她还没有从一个学期的紧张学习中放松下来，父亲就急忙为她找了一个家教，自此她认识了在此生漫漫时光中足够影响她一生的人。

“遇安，以后我就是你的老师，我们应该郑重地认识一下。”第一次见到他，他笑得特别好看，不但没有像别人那样把她当小孩，还颇有些正式地对她伸出手，“你好，我是陈慕白。”

像是微风拂面，陈慕白笑起来的时候有一种不可名状的温柔，仿佛给这个燥热的夏天都带来一丝清凉。

苏遇安想到了一个词语——

春水初升，春林初盛，春风十里不如你。

苏遇安有一种惊艳了时光的错觉。

她被他的笑容震慑得不能动弹，良久才出声：“你好，陈慕白。”

当时她下意识地拒绝喊他“老师”，而且，第一次被人平等相待，让她觉得特别美好。直到很久以后她才渐渐懂得，那种第一眼就被他的音容笑貌折服，想要将他的一切美好收置麾下的感觉叫做——

一见钟情。

为了在他面前尽量表现得乖巧，每一节课她都用心去听。

如果说一个人的完美皮囊决定了你要不要了解他，那么他的内涵与博学决定了你要不要靠近他。

陈慕白是那种一开口便满腹经纶的人。

他能将函数与世界经济货币的走向相联系，把统计和汇率相结合，每一节课都让他讲得绘声绘色。苏遇安把一张写的满满的几何证明过程放到陈慕白面前，他用红笔细细批注，每当这时她就百无聊赖地看着他的侧脸出神。

陈慕白用笔端轻轻敲击苏遇安的头，假装责怪道："发什么呆，这一步又做错了。"

苏遇安讪讪地摸了摸鼻子："哪里？"

陈慕白用笔尖叩击试卷，若有所思地说："遇安，你不专心。"

是的，聪明如他怎么会看不出苏遇安在学习背后的别样心思。

不过有些时候就是这样。

有些事情，大家都心知肚明，但只要不挑明，我们便可以心安理得地装聋作哑。

况且，有时候，我们并没有一个能够光明正大挑明一件事的理由，和承担结果的勇气。说明白了反而无法相处。

转眼，陈慕白做苏遇安的家教已经有一个月。

这时正值夏季，燥热的天气让人们更加来去匆忙，而苏遇安就出生在这样的季节。那天陈慕白像往常一样来给她补课，她却盯着书本频繁走神。

反复提醒她几次后，他停下来侧头看她："遇安，你到底在想什么？"可是是因为天气太过炎热，可能是苏遇安几次对他的提醒视而不见，他的语气里颇有些不耐烦。

苏遇安嘟起嘴，抬眸看了他一眼，用食指把玩着桌上的中性笔，闷闷不乐。

"今天是我的生日。"

"哦，生日快乐。"

陈慕白头都不抬地随口一说，然后将勾满重点的书重新递给她。

"喂，你这人怎么这样？"苏遇安顿时不乐意了，张牙舞爪地表示她的不满。

陈慕白皱眉盯着她半晌，看着她那可爱又倔强的样子，不由得叹了口气，笑起来："那你想做什么？"

他放下笔，郑重其事的等她给他一个答案。

"我们今天不要补课了好不好？今天休息吧，我要你陪我去看电影。"苏遇安像所有的小女孩一样，眼睛闪亮亮的，满怀希冀地看着他。

"你的功课还没做完。"

“哎呀，晚上回来再做还来得及！你就陪我去嘛，不去的话，我自己去，哼！”苏遇安像骄傲的小公主一样偏过头，偷偷瞄他。

看着她骄傲固执的眼神，陈慕白实在无奈，知道自己拗不过她，只好点点头：“只要你父亲同意我就陪你去。”

那一刻，苏遇安欣喜若狂。

这是不是就是喜欢一个人的表现？

因为他一次不经意的包容，内心就波澜动荡；

因为他的只字片语，就内心甜如蜜糖；

因为他小小的允诺，便如同拥有了全世界。

2

“我喜欢你，真的喜欢，喜欢到自己都害怕……”

电影中，男主角深情款款地对女主说出了这句话，而现实中，苏遇安看着陈慕白的侧脸将这句话复述给他听。

她的声音太小，陈慕白假装充耳不闻，只是她明明看见他的目光中有一闪而过的惊讶，还有熠熠闪亮的光。

电影结束后，影院的灯倏然亮起，将刚才的气氛完全打破。

苏遇安跟在陈慕白的身后，看着他直挺的脊背，几乎想要跑到陈慕白面前将刚才的话再说一遍。

而事实上她也的确这么做了。

她走上前从后面揽住他的腰。

陈慕白很瘦，她的脸贴在他的背上能感觉到他骨骼分明的脊柱。陈慕白全身一僵，大力地推开她，眼神里迸发出抑制不住的怒气，却还是压低声音质问："你在干吗？"

"陈慕白，你装什么傻？"

苏遇安一直认为陈慕白在装傻，从她第一次看见他的时候，自己的呆滞惊艳，听他讲课时的魂不守舍，有意无意问及他的私人生活，他应该早就有所察觉，他不是不懂，只是不想面对罢了。

"我听不懂你在说什么。"陈慕白的脸色很难看，转身欲走。

她用身子挡住陈慕白的去路，看着他一言不发。

苏遇安和陈慕白就那样在大庭广众之下僵持着，周围来来往往的人盯着他们不明所以。不知什么时候，她的鼻子一酸，眼泪像断线的珠子一样夺眶而出。

她哭得无助，可怜，肩膀因为抽泣不住地颤抖，却还是倔强地看着陈慕白。

陈慕白看见苏遇安的眼泪开始变得慌乱，急忙把她拉到一个角落，用手胡乱抹着她的眼泪，她低下头，拒绝看他的眼睛。

陈慕白一手扶着她的肩膀，同她一样低着头沉默，片刻后才出声："遇安，我是你的老师。"

他的这句话好像突然点燃了苏遇安的希望！

她仰头看着陈慕白，手指抓着他衣服的下摆：“只是家教而已。”

双目对视，他的眼神沉着冷静，对她既有无奈也有劝解。而苏遇安却像一个战士，拼死捍卫自己的信仰，他们各执己见，谁都不肯退让。

“走吧，我送你回家。”

最后，他叹了口气，不再说话。

或许苏遇安之后的生活很多方面都受到陈慕白的影响，像他一样，无法面对的就选择逃避，只不过这样却让事情越来越糟。

那一次是我第一次向陈慕白敞开心扉，在我看来，他虽然没有同意，但也不算拒绝，可能是电影院的背景音乐不够动人，也许是那天的天气不够明朗，让那美好的一切无疾而终。

从那之后，我将近有一个星期没有看到陈慕白。

也好，我和他也许都需要一段时间去冷静。

苏遇安看着我笑了笑，继续她的故事。

让苏遇安没想到的是，再看见陈慕白时，他的身边已经站了一位和他谈笑风生的女生。

那天，她看到一个可爱的女孩与他肩并肩走出校园。

他为她体贴地拉开出租车门看着车子渐行渐远。

苏遇安躲在一棵树后，手指用力地抓住树杆。

她想要冲上去质问，但她却没有能够质问他的身份。

苏遇安只觉得自己的双腿像灌了铅一样，一步也迈不开。直到再也看不见车辆的身影，她才缓步走到陈慕白的面前。

陈慕白明显被苏遇安的突然出现吓了一跳。

苏遇安自嘲地挑起嘴角，露出一个比哭还难看的笑容："你不能接受我就是因为她？"

苏遇安眼神平静，近乎一潭失去生机的死水，眼底的情绪却涟漪不断。

那是苏遇安印象中陈慕白唯一一次对她笑得那么宠溺——他用食指轻弹了一下她的额头，露出洁白的牙齿："傻丫头，说什么呢？那是我妹妹。"

苏遇安看着陈慕白的笑容，一阵意乱神迷，她揣摩着他笑容背后的情绪。那时候，她真得想不通到底是什么样的感情能让一个人对另一个人笑得那么包容。

或许这就是陈慕白。

就算是初次相见，他的一举一动一颦一笑都可以那么扣人心弦。

陈慕白看着她刚才被他弹红的额头皱了皱眉，拇指在上面摩挲："连我妹妹都比你大。"

所以我们怎么可能在一起？

苏遇安不笨，听得懂陈慕白的话外音，也知道阻隔在他们之间的既有“师生”这层虚无缥缈的关系，还有年龄。

她的眼神渐渐暗淡。

也是那一次，苏遇安终于知道什么叫做无能为力。

陈慕白拉起她的手腕：“走吧，我送你回家。”

晚上的道路不像白天那样拥挤，一路都很畅通，苏遇安被他牵着手走在大街上，恍然之间竟觉得他们是一对正在热恋的情侣。

“遇安。”低沉的声音在苏遇安耳边响起：“如果你不介意的话……或许我不能陪你走到最后，但是我能做的就是像现在这样陪你走得久一点。”

陈慕白的声音透着深思熟虑之后的决然。

苏遇安怔了一瞬，停下脚步，半晌，她惊喜地看着他，眼角眉梢都带着笑。

这么说，他是接受她了？

“你的意思是？”她有些不相信自己的耳朵。

陈慕白没有回答，只是害羞地把脸扭到了一边……

3

那晚的对话没有明确地确定他们的关系，但之后的日子里，他们之间的相处开始变得很微妙，不是暧昧，而是各怀心思的珍惜。

陈慕白不改认真的态度，还是会义正辞严地纠正苏遇安学习上的错误，而苏遇安却在一旁笑嘻嘻，把他惹恼后，又讨好地认真做笔记。

他总是拿她没办法，一直都是这样。

那段时间，苏遇安最盼望的就是陈慕白来给她补课，就连她父亲都对她空前高涨的学习热情感到惊讶。

但快乐的时光总是短暂的。

不知道从什么时候开始，陈慕白不会像往常一样在课堂上有那么多的打趣，也不会像以前一样为苏遇安加课，而是一到时间就匆忙收拾好书本离开。

啪！

苏遇安的手用力拍在他正在整理的练习题上："陈慕白，你到底什么意思？"

他不解地斜睨她："怎么了？"

"怎么了？这句话应该我问你才对吧！"苏遇安用眼光质问他，告诫他，她需要一个解释。

"遇安，你要准备高考，所以我们要抓紧进度，上课不能总是那么不认真。"陈慕白回答得避重就轻，更加引起苏遇安的不满："那你为什么不像往常一样给我加课了？"

陈慕白沉默。

苏遇安知道自己问到了关键。

陈慕白是一个不会说慌的人，所以这一次他不知道如何向她解释。

“陈慕白。”

“……”

“陈慕白！”苏遇安不管不顾地在家里向他吼了起来。她只是想要一个解释，没什么复杂的，可陈慕白偏偏不给。

“遇安，高考很重要，我不能耽误你。”陈慕白的一句话让苏遇安刚刚的怒气全部消失，不是因为觉得他说的对，而是对自己的嘲讽，从最初的“师生”关系，到相差六年年龄问题，再到最后的高考……

他总是有那么多理由。

张爱玲曾经说过：其实一切，只是不爱，不然哪有那么多的理由。

陈慕白的解释句句真挚，只不过在苏遇安看来不过是他不爱她的借口。她木讷地点点头，僵硬地把手从练习题上拿开。

陈慕白看了她一眼，起身没有丝毫犹豫，“咔嚓”一声拧开门把手，转身出去，只剩苏遇安一人在原地悲伤。

早就听说电影票上的字会随着时间推移而消失不见，就像陪你看电影的人一样。没有想到仅仅才一个月的时间，字迹就已经开始模糊。

苏遇安攥着那两张电影票，眼泪簌簌地往下掉。

今天是暑假的最后一节课，苏遇安猜想陈慕白会不会如约来给她上课。

其实，她是矛盾的。

如果他能谈笑风生地来给她上课，说明他没有像她一样因为昨天的争吵而影响心情，那么她在他心中也就一点都不重要。

如果陈慕白不来呢？

那么他们就会连一个正式的告别都没有！

苏遇安不知道，错过这次，她什么时候才能再见到他……

愣怔间，陈慕白已经走到苏遇安的面前。

他将教案放在桌上，苏遇安才反应过来，她抬头望着他。

因为一夜的哭泣，她的眼睛早已红肿得像个核桃。

陈慕白居高临下地看着她，她又把头深深地埋下，他压抑地叹息，让苏遇安分明感觉到他内心的不舍。额间突如其来的一点温暖，让苏遇安猛然抬头，却看见陈慕白正别扭地把想要触碰她的手收回。

这次换苏遇安嘲笑地看着他。

嘲笑他的懦弱和她的悲哀……

他兀自坐下，在气氛压抑的情况下上了一堂没有任何互动的课。

“最后一节课也不打算多陪陪我吗？”

苏遇安像上次一样从背后抱住了他，眼泪浸湿了他的衬衫。

只不过这一次，陈慕白没有将她推开，而是把她从他的怀里拉出来，苏遇安抓着他的袖子不放，眼底带着一丝乞求。

本以为他会像之前一样拒她于千里之外，却没想到陈慕白竟然毫不避讳地把苏遇安拉入怀中，下巴抵在她的头顶发出嗡嗡的声音：“好，你想去哪里？”

苏遇安的心却因为他的动作一沉。

她突然有些心慌，忙止住哭泣，紧紧地盯着他的眼睛，不是因为欣慰，而是从他的口气中嗅到了分离的气息。

……

每个女孩都喜欢游乐园里的旋转木马，闪烁的灯光，高高的摩天轮，因为所有的故事，在这里都代表了甜蜜圆满，代表了幸福的轮回。

旋转一圈后，降落下来，第一眼看到的是守候在原地等待的恋人。

那种感觉真是美好。

4

那晚，苏遇安穿了一条纯白的棉布长裙，坐在粉红色的木马上颠簸。

木马升到最高处，她远远地看向地面。

护栏外的陈慕白此刻距离她那么远，又那么近。

他面向灯光，用温和的眼神望着旋转木马上的苏遇安，眼底满满是宠溺和爱护，他毫无保留地对她笑，笑得像个迎接她归来的天使。

电光火石之间。

好像时间就定格在了那一刻。

周遭的一切都已经静止，所有的美好只属于她和陈慕白。

可是她知道，这一切都像泡沫一样，美轮美奂，却也即将消散。

苏遇安拉着陈慕白在游乐园里面尽情奔跑，尽情欢笑，身体里仿佛有燃烧不尽的火苗，叫嚣着，挣扎着，她想哭，却还是用最大的笑声将悲伤掩盖。如果要离别，这一刻，属于她和陈慕白的这一刻，就让她永远地铭记在脑中吧。

陈慕白又陪她一起坐了摩天轮。

高高的天空中，摩天轮中的苏遇安渐渐安静下来。

她从高处向下看，高楼林立。

数以万计的灯光照耀着不同的人生。

这一天有数不清的情侣因为一点琐事而争吵分手，也有数不清的情侣因为情投意合而开始恋爱，千变万化的是人心，纹丝不动的却是命运，分分合合也只不过是人生的常态。

至少这一刻，他在她的身边。

苏遇安大胆地把头靠在陈慕白的肩上。

陈慕白动了动身子，换了一个让她更加舒服的姿势，然后把头也靠在了苏遇安的头上。

那时，苏遇安想，如果所有情侣都能够像他们现在这一刻，该多好！

没有怀疑和误解，也没有世俗和现实的羁绊，只是最真实的自己，能够给彼此一个支撑和依靠。

她抱着陈慕白的胳膊，静静地开口："慕白，十七岁和二十三岁差了很多是不是？"

陈慕白没想到苏遇安会在这么美好的气氛中提出这么煞风景的问题，微微皱了下眉，却还是认真地回答："是啊，整整六年，在法律上来讲，一个成年，而另一个却是未成年，阅历心境都差了不是一星半点。"

"那如果我拼命地长大呢？"

"可是那样我也会长大，我们始终都差了六岁。"一个六年就天差地别。

"其实六岁也不多呀？如果到八十岁，那么就和八十六岁差不多了对不对？反正那时候都已经老了，满脸皱纹的，谁还会计较那六年的时间……”

“……”

陈慕白一阵语塞。

那天晚上的气氛太好，让苏遇安有些忘了自己的处境。

娱乐圈里夫妻相差十多岁的比比皆是，她不明白陈慕白就是要纠结于此，不过这可能就是苏遇安喜欢陈慕白的原因：永远那么脚踏实地，当然这也是她最恨他的地方。

陈慕白坐直了身子，她的脑袋不得不离开他宽阔的肩膀。

陈慕白支起手肘，声音中透露出的无奈和释怀互相矛盾：“那都是很久很久以后了，都是后话了。”

是的，那都是后话了。

但没有现在又哪来的以后，又哪里能够和他白首偕老？

别说再过六七十年等他们八十岁，现在，还有不到八分钟摩天轮就会停止，而他和她，也会从此各自天涯。世界如此之大，人海茫茫，重逢的机率近乎为零。

或许，这一次，他们就会永久地分离……

“叮——”

摩天轮停止转动的声音，重重敲在苏遇安的心上。

她浑浑噩噩下了摩天轮，突然撒腿狂奔，她丢下陈慕白跑到了游乐园的门口，明明只有数十米的距离，却让她筋疲力尽，她蹲在地上嚎啕大哭。

她感觉到他奔跑的身影越来越近，满脸满眼都是悲伤，等到他站到她身边的时候，苏遇安猛地站起身狠命地捶打他。

拳头像雨点一样落在他身上，他却纹丝不动。

那是苏遇安这十七年来如此痛恨却又如此不舍得一个人，她歇斯底里地向他控诉，没有一点形象可言："为什么？你为什么就是不愿意让我好过一点？为什么要被这么多东西束缚？"

陈慕白只是沉默地站着，任她捶打，一言不发。

她打累了，哭累了，坚持累了，爱累了，慢慢地收回拳头，只剩一双泪眼，充满了绝望和不甘。

"对不起。"

这一句是陈慕白最后对她说的。

对不起？

他对不起她什么？

苏遇安猛地上前一步，踮起脚尖用嘴唇将这刺耳的三个字堵在陈慕白的口中。

蜻蜓点水的瞬间，只有苏遇安明白这个吻中有着多少深爱和抱怨。

5

苏遇安二十三岁了。

和陈慕白分开整整六年。

四年的大学时光中，看着周围的朋友，男友换了一个又一个，而苏遇安却做不到把真心交给任何一个人。

是谁说过的：年少时不要遇到一个太过惊艳的人，否则你就要准备好交付一生的时光。想想这些年除了喜欢陈慕白，苏遇安过得都很顺畅，人活着不能太贪心，如果关于他的那一段，让她一辈子都无法释怀，她也认了。

苏遇安以为，从那天分开以后，她和陈慕白，这辈子都不会再见面，却没想到命运的转轮又将他们转到了一起。

她到了一家杂志社实习，这期派给她的任务是去采访一位金融天才。

当采访资料上的名字映入眼帘的时候，苏遇安如遭雷击——

陈慕白。

六年了。

他们终于又要相见了。

再见陈慕白并没有让她觉得太陌生，他还是像六年前初见时那样，笑容温和如同春风，意气风发更比当年。

“陈总，你好，我是苏遇安。”

令人可笑的是，时隔六年，他们的第一句话生分得像是隔了万水千山。

“遇安？”

陈慕白连声音都在颤抖。

他的表现让苏遇安的心一揪！

六年的时间，足够改变一切，或许他已经成家了；或许他已经有了新的爱人，而刚刚出去的那个美丽的女人，丝毫不比她差；或许，他根本就不想再见到她。

“陈总好记性，看来我们今天的采访要容易得多了……”

采访很顺利。

等结束后，陈慕白似有些恍惚，他说：“遇安，你……真的是长大了。”

六年了，她早已不是当年那蠢笨的小女孩。

她疏离淡漠，想起了刚才出去的那女人。

她感觉得到，那个女人看他的眼神，与众不同，心里一阵翻江倒海的难受，而且，苏遇安看得出来，陈慕白是故意支开那个女人的。

“人总是会长大的。”她的声音冰冷了几分，“你原来说不喜欢我的张扬，可刚才那个女人的气势似乎并不比我差。”

陈慕白沉默了半晌，眼底有隐忍有委屈，却终究一句话没说出来。

“你终究还是变了……”苏遇安站了片刻，太多的话无从说出口，千回百转只剩下这一句。

他突然一把抱住她，苏遇安将他推开，转身离开。

“遇安！”陈慕白追了出去，在楼下，他抓住她的胳膊，苏遇安停下脚步，定定地看着他。陈慕白静立片刻，终是松开了，“这些年，你过得好吗？”

“不如你好。”

直到这句话脱口而出，苏遇安才恍然明白，原来这么久，她从来都没放下。

她一直以为时间可以冲淡一切感情，没想到这句话对她来说竟毫无作用。她在怪他，怪他可以当做什么都没有发生过，生活得如此惬意；而她，这么多年，却依然无法释怀对他的感情。

“这么多年，我以为已经忘记你了，却没想到再看见你还是会这么心痛。”

他的话，瞬间搅乱了她伪装的坚强，她不想揣摩他话中的含义，转身就想夺路而逃，她害怕多待一刻就又会被他迷惑。

“那就当我从没出现过，我走……”

“为什么？”陈慕白用力把她拉进怀里，紧紧抱住，“为什么这么多年，你还是不能让我好过一点？”

她笑着冷哼。

这句话，是苏遇安当年苦苦哀求他留下而说出的话，现在陈慕白又有什么资格对她这样说？

“我现在能给你幸福了，你还愿意和我在一起吗？”他的眼神带着迫切的期待和渴求，“遇安，我一直在等你。”

“你放开我！”

苏遇安剧烈挣扎，想要将他推开，他却死死地不松手。

“放开！”她怒吼一声，终于挣开。

啪——

狠狠一耳光甩到了他的脸上。

仿佛发泄出了这些年所有的委屈，她笑着流泪：“陈慕白，难道二十七岁和三十三岁在你眼里就没有距离了？”

他无言。

最终，轻轻地放开了她，她转身就走。

“遇安！”

愣了半晌，他再一次追了上去！

他已经放开她一次了，这一次，他不能松手。

可是没想到，这时候，另一个跟她神情有几分相似的女孩冲了出来，苏遇安认出这个女孩就是刚才那个秘书，听他的话，这女孩子应该是叫苏瑾。

她疯狂地冲苏遇安大吼，她说她爱他，爱陈慕白。

苏遇安有些好笑。

爱，那又怎么样呢？

当年她那么爱他，他却依然丝毫不顾她的感受选择离开。

听着苏瑾不断的质问，听她诉说这些年陈慕白为她做的事，为她做的牺牲，诉说陈慕白对她的深爱、痴迷、等待，苏遇安就像是在听别人的故事。

如果他真的有这个女孩说的那么爱她，当年，为什么他不留下？

为什么不肯跟她在一起？

十七岁的时候，她对他的爱就像六七岁时的英雄梦，爱得不可一世，爱得义无反顾，明明知道前方是刀山火海，是毁灭，也宁愿付出一切，只换他的回眸。

可这一切，在他眼里根本不值一提。

现在她长大了，知道了疼，知道了怕，她再也没有勇气像当初那样去爱一个曾伤她至深的人，这种一句话就能轻易放弃的追随她不要！

苏遇安转身回家，留给陈慕白一个决然的背影。

而陈慕白却并没有离开，他一直静静地跟在她身后，一直把她送到家门口。

她知道，街口的阴影处，他站了很久很久。

回到家里，明亮的灯光却无法温暖苏遇安的心。

餐桌上已经备好了饭菜，尽管没有胃口苏遇安还是努力吞咽。

父亲看出她的不开心询问："遇安，我看见你的桌子上有一份陈慕白的资料，你是不是见到他了？"

"嗯。"

"这孩子啊，真是有出息了，现在竟然已经有了自己的公司，当初他可还是个孩子呢。"父亲一番感叹，偷偷看了苏遇安一眼，"其实，他给你补课的时候我就发现这小子对你有好感，但那时候你才多大，又是马上要高考时候，我就……"

父亲顿了顿，小心翼翼看了她一眼。

苏遇安停住筷子，心里浮起一丝异样，她看向父亲："你找他了？"

父亲点点头，叹了口气："我找了他，让他离你远一点。他那时候才是个大学生，什么都没有，而你更是个不懂事的小孩子。我告诉他，如果真的喜欢你，就等他有能力给你幸福的时候再来追求你，没想到这才几年的时间，这小子竟然干得这么出色！"

父亲的眼里，满是赞叹和欣赏。

可是苏遇安的心却一点点沉下去。

她竟然误会了他！

误会了他整整六年！

眼泪夺眶而出。

苏遇安扔下碗筷，猛地狂奔出去，身后传来椅子倒地的巨响，可她充耳不闻。

父亲的话，让所有的误会怦然雪消，等苏遇安冲下楼的时候，街口空无一人，她疯狂地奔跑，寻找，却始终不见他的身影。

难道，他终于死心了吗？

等了她六年……

为她努力了六年……

被她冤枉误会了六年……

在最后一刻，他选择离开了吗？

苏遇安慢慢滑坐到地上，泪流满面，她抱着自己，恍惚中，仿佛想起那一年分别时，在高高的摩天轮上，他笑颜如花。

而曾在那一刻，被她刻意忽略的，从高空滑落的，那一滴转瞬即逝的眼泪。

那时候，他的痛，一定不比她少。

可她却认定是自己眼花。

也认定了他不爱她。

“慕白，我们终究是有缘无份吗？慕白……”

仿佛有指尖的温度落在了她的额头上。

她微怔，慢慢抬起头，正好看到他俊美的容颜，一如那年：“傻瓜，这辈子，我只想过跟你一个人，白头到老。”

如今我们生活得很好，后来无意中问起陈慕白，为什么这么多年，他还在这个小城里。他说，因为他一直在等一个人，怕她回来找不到他，所以一步也不肯离开，只为和她此生终老。而那个人，就是我，苏遇安。

苏遇安静静地笑了，笑容里满满都是幸福。

后来。

陈慕白结婚了。

新娘是苏遇安。

在很久之后，我得到了这个消息。

也想起了另一个因为爱情而远走他乡的女子。

这是爱吗？

这一定是了。

不管有没有结果，也不知道对方的心之所属，仅凭着一腔热血，和孤注一掷的喜欢，就愿意在五光十色中盘桓旋转，不问得失。

命运的转盘，终究转到了喜，也转到了悲。

我相信总有一天，那个叫苏瑾的女子，也会遇到属于她的知心之人。

那一城，终一人，许你一生。

待你回首我依在

1

我对十七岁的记忆有些模糊，我相信大多数人都和我一样，不似电影里那般精彩。记忆中我七岁的时候除了学习、努力学习之外，好像真的没有其他谈资。

若是非说有什么美的场景，那便是教室里老师讲课的声音。

我们乖乖端坐，偶尔思绪会随着教室外的蝉声飘向远方，操场上打着蓝球的男生挥洒着青春的汗水，上体育课的同学们鱼贯排着队形绕着操场跑，有时还可以看到相互推搡的同学被老师训斥后吐着舌头偷笑。

那时觉得平淡无奇的场面，如今回忆起来，满满都是青葱岁月。

也是到后来，才懂得，年少时一再想要逃离的校园，如今是怎样拼了命努力也回不去的时光。

为什么突然会对十七岁有感慨呢？

是因为薇薇。

薇薇在朋友圈里上传了这样一句话：

十七岁时，我们手牵手一起朝前走，不知道那条蜿蜒的小路究竟会通往何方，可我们依旧牢牢地握住彼此的手，坚定得目光中只有彼此。那天，雨后初晴，泥水里是我们的倒影，朦胧却又清晰。

看完之后不免令人心生羡慕，想想自己的十七岁竟是这样苍白。有时候我也会想，若是时光倒流，我一定不会让自己的青春就这样逝去，在我还来得及张扬的年纪里努力释放属于自己的那道光芒。

我和薇薇是大学同学，虽然同一个寝室，但关系并不是十分亲密。所以对于大学时期的她印象并不深，最多是个不爱说话的女孩，和异性交谈时容易脸红，但做事却十分认真，属于外表看着柔弱，但只要是认定的事就会非常固执的女孩。

毕业后，我印象最深的也不是她本人，而是她的男朋友。

模糊记得他叫奕，浓眉大眼、谈吐得体，而且很绅士，年纪和我们一般大，但是一看便知道他的那种教养是骨子里透出来的，并不是伪装的。

知道他是在我们同学会上。

他大大方方，第一次相见时，他身旁就跟着小鸟依人的薇薇。

他风度翩翩而她实在太过普通，女生们聚在一起难免八卦，而他又是当晚最为耀眼的那颗星，大家的话题自然离不开他。恶毒一些的女生知道奕是薇薇的男友后，便翘着一边唇角语气不屑地说：迟早是要分手的，她根本配不上他。温和一点的，也多是感叹，这样好的男生，怎么会看上这么平凡的薇薇。

我当时虽然也有过同样的困惑，但从小的教育让我学会闭口不言，如今看到薇薇的朋友圈，我倒有些可以理解——

那是青春年少时便坚持的情感，无论之后所遇到的再美好，也取代不了。

也许是身为一个笔者的习惯，我突然很想知道这一段很美的爱情是怎样开始的，中间又经历了什么样的曲折，最后实在碍于没有太深的交情也只能断了自己的念头。

直到有一次，我和薇薇因为工作上的一些事情巧遇，才加深了彼此的印象。

也是在一个偶然的机会，她告诉我她和奕的故事。

我决定将她的故事传递，也希望看到的每一个人如我一般，将缠绕自身的情伤，彻底拨开，如雨后放晴的天气，清朗又温暖。

2

薇薇和奕，是邻居，打小两人就认识。

只不过，他属于天之骄子，而她平淡无奇。

说实话，和他相邻而居，压力很大，所以薇薇对他避而远之。

虽是邻居，抬头不见低头见，两人交集却很少，后来上了小学，上了初中，一直升到高中，他们都没怎么说过话。

谁让他从小便是家长口中的“别人家的孩子”，长相、学习、家境、教养都无可挑剔。他的父母都在外工作，平常很少有时间管他，但他自律能力特别好，待人又礼貌，附近的家长都恨不能将自己的孩子塞回去重新打造，就按他的模板。

在学校里，他自然也是老师宝贝的对象。

学习好、不打闹，不仅如此，他体育还非常棒，时不时参加市里运动会还会为学校获得荣誉，像这样的孩子怎么会不惹人喜爱？

再看薇薇，长相一般，家境也一般。学习成绩在中下游走着，偏科厉害。分明什么都不怎么样，还不肯努力。上课经常走神，有时候老师讲着讲着，她的小脑袋就开始晃动了，不多时，她就坐着睡着了。老师恨得是牙痒痒，也多次找过家长，可就是改不了。最让人无奈的是，她还真不是故意的。

老师想要放弃吧，又经不住家长一再恳求；想要着手管理吧，偏偏各种方法都试过了，就是一点也不起作用。

也是在那天，奕突然要求她过来和他同桌，保证自己可以帮助到她。

老师原是不想让薇薇这种“没有希望”的学生影响到奕的学习，可是奕的再三保证加上实在无法拒绝薇薇的父母，也只能同意让学霸奕试一试。

于是他们开始正式有了交集。

薇薇怎么也想不通，自己只是在课休时间走神了一会，座位就被搬走了。回过神来的时候，面前的课桌不见了，再抬头一看，原本奕的同桌恶狠狠地瞪着她，手中正抱着自己的座位。

一个不满，一个茫然。

全班哄堂大笑。

奕突然起身，拉过她的手说：“从今天起，你和我坐。你上课再瞌睡走神，我就揍你。”

薇薇后来回忆起来，当时自己完全懵了，面对奕恐吓式的言语，也只是张着嘴：“啊？哦！”两个字，就这样稀里糊涂地成了学霸的同桌。

奕的右侧脸比左侧脸好看。

这是薇薇和他同桌一周后得出的结论。

所以，她坚持坐在他的右边。起初她还是走神或是瞌睡，后来奕发现她哪里是走神，分明是盯着自己的侧脸在傻笑，每次这种情况他都不会心软，抬手便敲向她的脑袋，但落下时又减了几分力道。

她惊觉时，会眨眨眼睛，视线回到黑板上，但没有几分钟，这种情况又会再上演一次。

不用多聪明，谁都可以察觉出来薇薇喜欢奕。

但也没有人觉得奇怪，因为像奕这样优秀的男生，很少有女生与他接触之后能够不对他动心的。

但没有人清楚奕的心思，更没有人知道为什么当初奕会主动提出，要和薇薇同桌。

3

听到这里，我一直很好奇，当初的薇薇并不像大学时期的她那样内向和木讷，至少她对奕的喜欢是直接明朗的，甚至比大多数女孩来得明显。

我问她时，她淡淡地笑了笑，踌躇了一会，才告诉我。

在当时，若是薇薇单方面喜欢奕，大家都不会觉得奇怪。可是奕对薇薇却和其他女生不同。奕很温和，任何人有困难他都是乐意帮忙的。对于那些主动示好的女生，他都会温柔婉拒，从没有和谁红过脸。

只有薇薇。

在他上课督促、下课辅导的情况下，薇薇的成绩却一点也没有好转。

那天测试成绩下来，他几乎没有去看自己的成绩，而是紧紧地捏着薇薇的试卷，指尖泛白。良久，他转过头，盯得薇薇都有些发毛时，突然吼一句：“杜薇薇，你是猪吗？我这样教都教不会你，你还能做什么？你数理化学不好我还能说你是女生情有可愿，英语政治差得一塌糊涂。唯一强一点的语文居然还退步了！你脑子里都是什么东西？浆糊吗？”

安静，还是安静。

没有一个人说话，全班同学都盯着薇薇那张越来越红的脸。

微微呆了一瞬，她没有去看奕气红的脸，半晌，才将头越埋越低，直到她的课业本被泪珠打出了痕迹，大家才回过神来。

原本以为学霸只是气恼自己辅导无果，才会突然爆发，可是紧接着奕长长地叹了口气，坐回到位置上，没有理会任何人的目光，语气柔和得和以住任何一次都不同。

他说：“你难道不想和我一起上大学吗？”

微微猛地抬起头，眼角还挂着泪珠，可一颗心却被狂喜充斥，随即又是惊喜又是困惑，他的话是什么意思？

他没有继续说，柔和地拍了拍她的脑袋：“你不能再像以前那样。”

微微看清楚了他眼睛里的无奈和宠溺，心里一暖，眼泪又流了出来。

她用力吸了一口气。

奕将考题重新放到她的前面，耐心地一道一道为她讲解。也是第一次，薇薇开始试着认真，集中思想去看那些题目，可是没多久，她就发现，学习居然一点也不辛苦，从前那些总是难以听进去的题目，在这一刻突然变得容易起来。

奕对薇薇的态度，一夜之间成为学校最大的新闻。

爱情刚刚萌芽时候，都是最美的时候。

哪怕是再熟悉的两个人，都会小心翼翼地试探着彼此，也会发觉原来自己并不是那么了解对方。那种朦胧又撩人的状态，是最为令人心动的。

而爱情，有时候更是一种动力。

薇薇也是在那时候，抱着一定要和他一起考上大学的信念，加倍努力、完善自己，果然，专注地做一件事情得到的结果是令人惊喜的。薇薇的成绩直线上升，父母来到学校千恩万谢，在得知是奕的帮忙后，对这个孩子是更加喜爱，只要奕的父母出门，便会拉他来家里一同吃饭，奕也从来不拒绝。

在某一个时刻，薇薇几乎觉得自己是可以和奕站在一起，接受别人的仰视的。

直到有一次，奕代表学校去参加象棋大赛。

薇薇从来没有参加过这类比赛便闹着一起去看。参加的有好多所学校，对于奕的大名大家都有耳闻，可是当他们看着奕身边那个探头探脑的女生不禁觉得困惑，在打听之后得到的答案居然是奕的女友，所有人都震惊了。

更有不死心的亲自到奕的面前询问，奕微笑着看向她，没有肯定却也没有否认。

薇薇永远都记得那个时刻，她的眼中只有低头对她笑的奕，没有周边像看怪物似的打量她的目光。

奕上场时，她在下面为他加油。

那些闲言碎语飘进耳朵里，她不去理会，可那些女生像是故意的一样，声音越来越大、越来越难听，让她的笑容渐渐沉寂。

她多想回过头去瞪那些女生一眼，可是却没有勇气。

因为她无法反驳，台上那个闪闪发光的男生，自己怎么配得上？

4

认定一旦有了缺失，便会不断扩大、蔓延。

从那天之后，薇薇忽然开始留意周围人的看法，她慢慢发现，自己身边的同学原来都是这样看待他们的。再谈起奕时，依旧是夸奖，只是末了总会加一句:哎，就是挑女朋友的眼光太差了，他这么优秀，薇薇这样的女生将来肯定是要拖他后腿的。

有人说谎言说了三遍便会成真。

对于薇薇而言，这些打击嘲讽的话语最初是没有放在心上的，但听久了渐渐却也认同他们的话。

在一次上体育课小测时,男女小组接力,奕和薇薇分到一组，以奕的实力每次都是第一名，可是那天薇薇拖了后腿，足足比别人慢了 1 分多钟。奕自然是没有放在心上，可是不知是积累已久还是早有预谋，同学们突然便爆发了，指责、谩骂全都朝着薇薇而去。

她想要辩驳可是事实摆在眼前，她就是拖累他了。

奕出面维护，可是薇薇推开了他，对着那些正义的面孔大声地吼了一句："是，我拖累他了，对不起，可以了吗？！"

她转身逃走，并不是因为气愤，而是羞愧。

如果可以，她多希望自己也是和他一样闪光的人，被同学们喜爱、被老师疼爱、被家长宠爱。可她不是，她就是一个平平凡凡、迷迷糊糊的女生，她恨自己拖他的后腿，拖累得连他的强项都变成了最后一名。

奕找到她的时候，她的情绪已经平复了。

那天，奕第一次牵起她的手，以不容置疑的态度。无论她怎么挣扎他都不松开，拉着她一直朝前走着，他们都不知道那条路会通往哪里，就只是这样牵着彼此越走越坚定。

奕说："活在别人的目光会很累，你不需要聪明、不需要精明，只需要在没有我的时候能照顾好自己就可以。"

她笑了，却也在心底打定了主意，她要把自己变得优秀。

哪怕不能够变成像奕那样光彩夺目，也要有属于自己的精彩。

他们终是没有考上同一所大学。

薇薇努力了，可能是她在学习上真的没有什么天分。对于这个结果，老师和家长都很满意了，可是她在得知结果后将自己锁在房间里哭了整整一天。

无论她怎么努力，都追不上他的步伐。

她追得有些累了，不想要再继续了。

像是下定了决心，整整一个暑假她躲着他，不见他。也从旁得知，他上了市里的重点大学，那所大学的门坎太高，是多少外地学子削尖脑袋住里挤的，他却轻松地就做到了。

而她，选择离家很远的城市，上了一所普通的大学。

5

也许我们很难相信，大学整整四年，他们两个都没有谈过恋爱。

彼此像是心底有一条看不清的线，摸不到却可以清楚地感受到，迈不过去却也无法去除，只能守着、痛着。

大学时，我们只觉得薇薇太过内向，所以没有谈恋爱。可是谁也没有想到，像她这样看起来平凡的女生，却有着这样的故事。

其实想来，他们并没有挑明关系，甚至谁也没有表白，但却牢牢地握住了彼此的手。或许是都太过固执，整整四年他们竟没有说过一句话。哪怕是放假回家，她也只是宅在家中，不爱出门也不爱上网，或是学习或是看课外书，那认真的态度几乎让她的父母觉得她是不是高中时用力过猛学傻了。

也不是没有他的消息。

报纸上、电视上、杂志上偶尔都可以看到他的身影，他很优秀，不但是大学的风云人物，更被社会上的媒体企业所注意，所有有关他的报道她都会小心地收集起来，藏在自己的枕头下面，那是属于她一个人的秘密。

大学毕业，他留在本市一边工作一边考研，而她也在大学所在的城市里选择一家小的出版社做着简单的文字工作。有时候还是会犯一些迷糊，在被人训的时候会突然想起十七岁的那个午后，他怒其不争的面孔，失笑后才发觉，多年过去后心还是会疼。

她不敢回去，也不再收集有关他的剪报，甚至过年时回到家中，偶尔听到家人的谈论也会刻意避开话题。

他飞得太高，她追不上。

那些记忆也只能保存在脑海里，是她一个人的回忆。

她与他，其实也是有见过的。

毕业的第一年回家过年，走亲戚的时候远远看到他走出家门，似乎又长高了些，没有看到正脸不知道模样有哪些变化，唯一不变的是她的心跳，如当年初见，剧烈如擂鼓，而多出来的，便是疼。

第二年，她干脆以工作为由，索性不回家。

那年冬天，雪来得特别早。

她一个人走在冷清的街头，正巧路过房屋中介，顿了顿走过去，在贴满售房价目的玻璃橱窗上认真地看了起来。一边看，一边感叹着房价，嘴里还呢喃地算着自己那点微薄的工资，什么时候才能买上一套房。

“笨蛋！又算错了，这么多年果然一点长进也没有。”

不经意地，背后就突然冒出一个人，说着不冷不热的话，明明是嘲讽的语气不知为何却有令人心惊的暖。她像被寒冷的天气冻住了一般，不敢转身，不敢回头。

“怎么，闹了这么多年还不肯回家吗？”

她的眼睛模糊了，玻璃上印着两个身影，一个大一个小，她的影子被他的身影包围着，无处可逃，可莫名又觉得有些暖。

“我已经飞得足够高了，你再也不必害怕会拖累我了。薇薇，我们回家吧。”

他牵起她的手，她没有挣扎。

那一天的天气很好，雪花飘飘，他们就这样踩着雪一步一步往前走，一如当初，那个艳阳的午后，他也是这样牵着她的手。

谁也没有说地点，只要有彼此在身边。

薇薇跟我说完，脸上洋溢着幸福的笑容。

能被一个人这样坚定地爱着、等着，怎能不幸福？

我一直以为这样的爱情，只存在于童话，所有的美好都止于王子与公主幸福地生活在一起便剧终。可是如今我看到薇薇，才知道这世界上唯有真心相爱，才值得等待。

而王子与公主终于在一起，这才是幸福的起始。

那次交流之后，有一次我应邀到薇薇家作客，他没有在家。谈起婚后生活，薇薇拿出一本相册，说这是一周年他送的礼物。

我翻开相册，才知道这世间真的有人用心至此！

那里面，全是薇薇在另一座城市生活的点滴，各式各样，她的快乐、悲伤、忧郁、沉默全都被他一一捕捉，有些照片里我还看到了自己的身影。

我惊叹！

为他的所作所为，也为他的一往情深。

我笑着让她一定要珍惜。

薇薇点头，心里却默默地想着——

当初是爱让我逃离这座城市，如今也是爱让我回来。

此生，我都不会再离开这座城。

因为这里有他，那便是最大的幸福。

第四部分

欠自己一个幸福模样

——离开错的，才能遇到对的，当孤单比和你在一起更快乐时，放弃了真好。

浮生若梦，为欢几何

1

多年后，我依然清晰地记得那个夜晚，我去找左左时的情景。

满地狼藉、电脑显示器斜躺在地面，鼠标与键盘不知飞到哪里，枕头扔在良辰的脚下，地上是砸碎的玻璃杯子，左左就站在那里，头发凌乱，捏紧双拳浑身发抖。而良辰则站在原地，看着左左的目光冰冷而陌生。

整个屋子，像爆发了一场惨烈的战争。

我和左左是十多年的朋友了。

在我的眼中，她一直是一个温柔且善解人意的女子。在我们所有朋友当中，她是最漂亮也是最温和的一个人。上学的时候，我们常玩笑说，将来谁要是娶了左左，那可是修了八辈子的福气。

可是，谁也没有想到。

当年那个连指责别人都是细声细气的女孩，会变成如今这般模样。

我走到她的身边，轻轻握住她的手，她剧烈颤了一下惊恐地想要挥拳，抬起头一看是我，便整个人扑到我的怀中，嚎啕大哭。我轻轻地拍着她的后背，用眼神示意良辰先离开，待他走后，我才拉着左左坐到床边，整理着她的秀发。

没有问，只是安静地陪着她。

她就像受了伤的小兽，不知如何保护自己，更不知此刻的自己有多可怕，她想要找一个安全的地方能够令她平静，可是寻找不到出口，于是失去理智，迷失了原本的自己，控制不了却又痛苦无比。

我知道，左左情路不畅。

不知为何，在爱情中，大多女性都是弱者。也许，是太过依附，也许是容易比男生用情更深，所以伤得也就更重。

我形容左左的三段爱情，分别是：wrong、bad 和 hope。

她的第一次恋爱，原本是没有什么可说的。

初恋，总归是所有少女心中向往的梦。

梦很美，很高，每一个活在梦中的女孩都漫步云端，超越现实，掺杂了太多的想象，于是初恋就显得更加遥远而美好，趋于完美。

可是世间哪有什么完美的爱情呢？

当梦被现实残忍打破的时候，摔得更重，伤得也就更深，更绝望。对很多女孩子来说，初恋的破灭几乎是这一生的感情阴影，无法弥补，也无法恢复如初。

但往往人做出傻事最多的，也还是在初恋的时候。

因为我们不懂，因为我们不曾受伤，所以我们义无反顾，不断探究。

不懂他为什么会喜欢上自己，于是总喜欢问他到底喜欢自己什么；不懂这段感情会不会持久，于是总喜欢以各种方式去探究他到底有多爱自己，是否像自己这般确定；不懂为何明明有过山盟海誓，却还是分手了？

于是不断地问为什么，寻找一个原因。

不懂为何明明曾经那么相爱，却可以说放手便放手，深情最是凉薄，最伤莫过于此。于是努力挽回，用尽各种傻傻的方式。

这些事，我和左左都曾经做过。

我相信许多人在初恋的时候都做过很多傻事，女孩，还有男孩。

左左的初恋，便是典型。

左左曾说，这辈子，最美的愿望就是一辈子，只爱一个人。

遇到真心相爱的人，彼此体谅、彼此疼惜，找一座城，静待时光划过，细数皱纹华发，彼此守护余生。

所以，她遇到了伊。

她的初恋，轰轰烈烈地开始，突如其来地结束，没有任何预兆，也没有任何余地。在一起时甜蜜无比，伊的温柔体贴、深情许诺，连我都看得有几分动容，那真的是初恋最美好的模样。

左左不止一次跟我说那个叫伊的男生对她有多好、有多专一、有多痴情，可是，很突然地，男生就把她从他的世界里彻底剔除了。

甚至前一天，伊还深情款款地跟左左不厌其烦地表白，那样害羞内向的一个人，却说着令人脸红心跳的情话。

他说：

左左，我爱你。

爱你一辈子，永远不分开。

可是第二天，他们就分开了。

因为小小的几句争吵，分开得决然、无情。

左左想不通，为什么？她明明能感受到对方还是深爱着自己的，却想不通，他为何放手？作为一个旁观者，连我也觉得伊是真心地爱着左左的，我虽然觉得伊许给左左的未来或许并没有左左说的那么靠谱，却也没想到他会突然放手。

伊放手的原因，或许并不难猜。

左左心里应该也清楚，对方不过是不愿意走出父母的庇佑，不愿意独立、不愿意改变。而且面对左左那高出常规的期盼，他怯弱了。

是啊，左左把他想象得太过完美，而只有伊自己才知道自己也只是个普通人。

或许是因为太爱，或许是因为不想让她失望，也或许是其他什么原因，他选择了放手，用最快的速度结束了这段关系。

从那一天起，他彻底消失在左左的生命里。

左左大受刺激，她满世界地寻找他，只想问他一句为什么？只想让他亲口给她一个答案，哪怕是亲口跟她说一句分手。

但偏偏那个叫做伊的男生，就那么隐忍不动，用尽各种方式让左左死心。

一次次将她赶走，一次次跟女孩子在她面前卿卿我我，一次次用最痛的方式驱逐对方，直到鲜血淋漓。

左左变得有些歇斯底里，我或许能想象她承受的是怎样的伤害，却无力阻止，他们用尽各种方式伤害彼此，刺激对方也弄疼了自己。

左左的初恋终是结束。

这样的疯狂，维持了整整三年，结束在她伤害自己身体的那一天。

我不知道她是如何拿起那把水果刀，割向自己。若不是有所偏差没有割到脉搏，我不知道那时的左左是否还能够存活下来。

左左不再去找他了，也不再疯狂，以前活泼开朗的女孩慢慢变得沉默。

清澈明亮，充满希望的眼神，也充斥岁月洗礼之后的沧桑和了然，时间就那么过去，待时过境迁，左左回忆起那段时光，也曾笑自己的痴傻。

所有的举动，不过是要一个解释。

不过是一生最美的梦面临破裂，难以接受。

也是自己付出越多便越觉不甘心罢了……

这段初恋，让她开始面对现实，走出为自己构筑的那段童话，所有的美好，在现实的映照下，终归有些脆弱。

所以，我觉得她的初恋是 wrong。

2

无疑，左左是个比较死心眼的孩子。

不是常说，那些表面看起来越是温柔的孩子，执念比普通人更加深。后来，我问过左左，找不回当初的自己，是否会感到恐惧？

恐惧为何自己会变成如今这个模样？

那次左左沉默了很久，却并没有给我答案。

常常有人说，走出一段恋爱的最好方法，就是开始一段新的恋情。

和宇杰的相识，在左左还未曾彻底走出来的日子。

就在那天，左左告诉说，她遇到了一个跟伊很像的男孩子，动作、表情、态度，甚至他们说话的语气，说出来的话语，都极为相似。

而且，他在追求她。

我皱了皱眉，心里隐隐有些不安。

如果爱情里的主角，是代替另一个人的身影而存在，那么这段感情本身就有重大的隐患，这段感情必然是问题的。

身为左左最好的朋友，宇杰算是我最为反对她交往的一个男生。

可是恋爱中的女生哪里会听劝，更何况，我也感觉得出来，她有很多的伤和渴望，都转移到了宇杰身上。但我慢慢发现，宇杰真的很有问题，我没看出来他跟伊有任何相似的地方，却看到了他满满当当的缺点。

可是恋爱中的人连智商都化整为零了，哪里看得到我们所说的那些缺点？

之所以不喜欢宇杰，是因为他看似与常人无异，但整个人透出痞子气息，以及一些非常小的事情便可以看出这个人的德道标准不高，从修养到个人行为素质再到品行，无一不透露出满满的痞气。

所以，当我极力反对的时候，左左还是义无反顾地跟着他离开了我们所在的城市。

左左在走的时候说：

其实，你们说的一切我都知道，可我需要一个离开原地的理由。

我已经在黑夜里困了太久……

我的心疼了一下。

我懂她的意思。

左左虽然固执，但她不笨，甚至很聪明，连我们都能看出来的问题，她怎么可能不知道，可能是她在那个黑暗的梦魇里太久了，太迫切想从中挣脱，去感受一点阳光了。

而宇杰，偏偏就出现在那个时候。

她用前路的万丈深渊，换自己爬出此刻的无底泥潭。

我无可奈何，只盼左左的善良能让宇杰回头多看一眼，宇杰其实是一个被环境影响坏了的孩子，但他本心并不坏。

遇到了左左，是他的幸运还是不幸？

此刻谁也说不清楚。

虽是最好的朋友，但决定终是由她自己做的。我也只能祈祷，祈祷我所想的一切都是多余的，宇杰会对左左好。

左左离开后的日子，我们没有太多的联系，有时她会和我抱怨一些宇杰的坏习惯，例如贪小便宜、例如不会与人相处、霸道而且自私、素质修养不好，但可能因为这些之前我们都曾说过，她也自知，每次都点到为止。

但末了，她还会夸他对自己还是很好的。

所谓的好，也不过是偶尔清晨的早餐，惊鸿一瞥的温柔罢了。

在她离开的那一年里，我们都不知道究竟发生了什么事。

左左回来的时候，依旧是那个漂亮的、笑起来温柔无比的左左。只是决口不提宇杰的事，但我们也并未多想。

毕竟和这样一个男生分手，是好事。

只是我们忽略了，越是藏得好的伤口往往伤得越深。

那种感觉很模糊。

就像你分明可以感觉到一个人的变化，却又说不出来究竟是哪里变了。

左左便是这样。

后来我细细回想，才惊觉左左的个性变得凌厉且尖锐，以往朋友们开玩笑她都不会介意的，哪怕有人站在面前欺负她，她都只是笑笑还为别人找理由，说好话，我看不过去帮她的时候，她还反过来劝说安慰我。

就这样一个女孩子，现在说起话来却直戳别人的心口。

一旦有了争吵，什么样的话刺人最痛，她就说什么、做什么。有时，让别人做一些事，也是以命令式的语气，而以前小心翼翼恳求的怯弱早已丝毫不见。

朋友们渐渐开始疏远她，而左左也越来越孤僻。

终于，我找了左左长谈，我让她将那一年究竟发生了什么事告诉我，可是她除了沉默就是闭口不谈，只是摸着手腕上初恋时留下的那道浅浅的疤痕问我：“你说，我是不是自作自受？”

我没有回答，也不知该如何回答。

若是个性开朗的朋友，我早将她拖出去狠狠地骂一顿，可是左左我却不敢，从认识到现在，她都是一个别人说话大声一点都会吓坏了的孩子，现在的她，虽然变得有些强势，但我不知道她的心中究竟起了怎样的变化，更是不敢随便说什么。

只是不知道这才短短一年，她怎么会变成如今这个模样？

她像一个封闭起来的贝壳，不愿意外界接触也不愿意自己走出来，对谁都闭紧心门，只要稍稍有一些动静便似失去理智，跳起来攻击。

于是，我只能耐心等待，有一天她会愿意自己亲口说出来。

3

那天，良辰离开之后，左左哭了很久。

哭到没有泪水流出，整个人还是在抽噎。

她说："欣儿，我好像生病了，该怎么办？我好害怕，我不知道自己到底怎么了，我控制不了情绪，我不想吵架的，不想反击的，可完全都是条件反射，我根本无法自控。其实，其实良辰并没有做什么，我们只是争吵了几句，我就……欣儿，你知道吗，我现在就像一个疯子一样，只要一有动静整个人就会变得歇斯底里，我很害怕也很讨厌这样的自己。我该怎么办？"

左左浑身都颤抖得厉害。

我看着心疼，紧紧地抱住她，说："别怕，我在呢。"

"欣儿，你知道吗？那一年，我经历的是这一辈子都觉得恐怖的事……人生所有的负面感情，都在那一年感受过了。爱情对我来说，曾那么美！"她有些恍惚，唇角勾起淡淡的笑，"可越是深情，越是凉薄……"

我安抚着她，静静地听她断断续续说起那段过往。

在她跟着宇杰到达他的城市后不久，宇杰伪装的温柔体贴渐渐化为乌有,所有刻意隐藏起来的毛病全都暴露了出来。起初，她也只是发现彼此三观不合，还想要试着扭转他的想法，可那是他从小养成的观念，哪是那么容易更改的？

左左说，他也是个可怜人。

他从未见过自己妈妈一面，或许也不能这么说，因为他妈妈是因为难产而死，临终之前，终归是看了他一眼。

而他的爸爸憨厚而痴情。

认定是自己小儿子害死了他的妻子，无辜的孩子便成了父亲不喜的对象，他的记忆里，大半是跟自己奶奶在一起。而父亲，最爱的只有哥哥和姐姐。偏偏六岁的时候，奶奶便撒手人寰，留下小小的，不被父亲喜爱的孩子。

起初，左左听了，只觉得心疼，发了誓决心要对他好。

不管她是因为什么原因跟他在一起，但以后，宇杰就是宇杰，跟任何人无关。不管他多好，或者多坏，她都会好好爱他，用心爱他，把老天对他的所有不公，都用自己的一片心弥补回来。

于是，她加倍对他好。

宇杰六岁之后，因无人管教，便跟一些初中的混子到处跑，像小尾巴一样跟在那群抽烟打架骂脏话的大孩子后面，唯一关心他的只有他姐姐，但那时候，他姐姐也还是个孩子，虽然为了供他哥哥读大学而早早辍学，但也没时间天天盯着他。

宇杰就在这样的环境里长大，本心虽然不坏，甚至有几分善良，但总归是被那些混子带成了一个小混子。

虽然那一年，他很多举动都让左左失望生气，比如说话做事脏话不断、大打出手，买菜买东西顺手牵羊摸几颗糖或者一根火腿肠，然后像个单纯的孩子一样，喜滋滋地拿给左左，左左虽然生气却不愿意直接指责他，怕伤了他的自尊心。

因为左左知道，他只是贪小便宜，并不是想偷东西。

有时候看到可怜的乞丐老人、小孩，宇杰也会把全身上下的衣兜翻遍，把自己仅剩的几块钱扔给人家，或者自己没啃几口的面包递给别人，哪怕他自己还很馋。

他的行为让左左越发觉得心疼，她对他抱着满心的期待，只因为她认定他内心深处的几分善良。

她希望有一天，他会看到自己对他的好，会知道改变。

直到宇杰动手的那一次。

那天，他们一起在电脑前斗地主，左左操作着鼠标，好几次出错了牌，宇杰看得着急，嫌她笨，要拿过鼠标教她，左左调皮地挡着、躲着，不让他动，本来只是情侣之间的嬉闹，不知道是烦了还是怎么回事，宇杰脸一沉，没有一丝预兆一记耳光已经扇到了左左的脸上，力道丝毫不轻。

左左愣住了。

很久都没反应过来。

这辈子，左左都是在父母的宠爱中长大，那么乖巧的她，是全家人疼爱的宝贝，从小到大都不知道挨打是什么滋味，更何况，打她的，是她此刻最爱的人！

是她打算用心去爱一辈子的人……

她对我说，当时她还在笑，眼里脸上都是幸福，压根没反应过来发生了什么事，等感觉到脸上火辣辣的疼痛之后，整个人都崩溃了。

仿佛是被扔入大火中的兔子，左左尖叫一声，整个人缩到了墙角。

眼泪在好几分钟之后才疯狂地涌出。

宇杰也愣住了，他完全没意识到自己怎么会突然就动手了，片刻后宇杰立刻道歉，可是只要他靠近左左，左左都会惊恐地尖叫着将他推开。

不管宇杰怎么保证，左左都无法平静下来，直到眼泪流干，嗓子嘶哑，整个人一直一直剧烈地发抖。

好几个小时之后，宇杰终于去洗澡了。

左左看了一眼角落的行李箱，飞快地跳起来，将自己重要的东西胡乱装进去，转身就想开门跑掉，前所未有的恐惧笼罩了她的心。

她不知道该如何自处，更不知道以后如何面对，这一巴掌让这段感情像是眼睛里掺了沙子，怎么揉都会痛！

宇杰听到声响，澡都没洗完，随便套了衣裤就跑出来，头发上还有没清洗掉的泡沫。

他一把抓住左左的胳膊，半晌没有说话。

下一刻，他突然跪下。

都说男儿膝下有黄金，左左还是被吓到了，她呆呆地看着他，看着他通红的眼眶，最终还是无法就那样离开。

我也听得愣住，一时间也想不通宇杰的心思。

是他真的觉得左左如此重要？

还是痞子的心性让他觉得这种行为并不难？

虽然此刻再说什么也是无事于补，但我太清楚，一个人的性格是不可能轻易改变的，动手一次便会动手第二次，像这样容易冲动的男人是要不得。这样的道理，聪明如左左怎么会不懂？

只是，她心怀希望，也怀着对爱情的执着。

加上宇杰坦诚自己也许是有了抑郁症，而且，他大脑也有些异样，鼻腔似有块肿瘤，因为没有条件治疗而不断长大，压迫着大脑神经，压抑的时候就会抑制不住地爆发。

左左终归是选择了原谅，还一心想要温暖他，将他治愈。

不但要治愈他的精神，还要治愈他的身体。

左左跟我一样是靠写字为生的女孩。

为了宇杰，她不眠不休不分昼夜地写字，竟然破天荒地用两个月时间写完了三本书，整个人也憔悴了一圈。

但是，在这两个月，发生的事让所有人都猜想不到。

因为宇杰第二次动手，仅仅发生在一周之后。

就像第一次一样，突如其来的一巴掌！

而原因，仅仅是因为左左一次次催促正在玩游戏的他去吃饭。

甚至，就在那一周，左左基本上没有多少睡眠时间，全都在为筹集他的手术治疗费而不眠不休，憔悴不堪时却还是想方设法为他做好吃的东西。

我听得震怒！

任何一个有良心的人，都不会在那时候做出那样的举动，我很难想象左左是怎么熬过来的。

我问她：“难道你就那么平静地受着？”

左左说：“哪能呢？我也想隐忍，但心里太痛，所有的行为都不受控制……”

她从开始无助地痛哭，到恶毒地咒骂，再到尖锐地反击……她将滚烫的汤锅打飞到宇杰的身上，虽然被躲开但还是烫伤好几处。还有一次，在宇杰再一次打了左左一记耳光时，她疯了，直接冲向厨房拿出菜刀，双眼通红失了控般想要和宇杰拼命，也是在那一次宇杰感到害怕了。

“为什么不离开？”我问曾她。

她轻笑：“就算要离开，也要治好了他，看着他以后都要那么痛苦地生活下去，我不忍，也做不到，可能，是我上辈子欠了他。”

那时候，她每经历一次，都在心里默默地数着：一、二、三、四、五、六。

第六次的时候，左左的精神和身体都已经到了崩溃的边缘，可是她心里开心，因为最后一本书就要完稿了，廉价卖出去之后，手术费就要凑够了。

她开始到处打听靠谱的医院，查看患者评价，查阅同类病情的治疗方法，效果最好的手术方法，她渴望看到他的痊愈，然后安心离开。

终于，她选定了一家口碑和设施都很好的私立医院，有最好的设备和医生，却遭到宇杰哥哥嫂嫂的反对，他们认为，一家私立医院怎么可能有市里的三甲公立医院靠得住？可是左左已经查过，那家所谓的三甲公立医院，还采用最老旧保守的手术方式，机器设备跟不上，创口大，很容易复发。

到了这时候，她无论如何都坚持己见，哪怕被他家人不喜，那又有什么关系？

反正等他手术完毕，她就会立刻离开。

却不想，宇杰竟然跟他家人站在一起指责她，她知道，宇杰一直很崇拜自己上过大学的哥哥，盲目地听信，和他哥哥嫂子一起反驳她，各种不堪的言语都从他的嘴里说出来。最后，因为是她掏的全部费用，他们家人终究没有办法，气冲冲地离开。

左左不顾他阴沉的脸色，自顾带他去那家私立医院办好所有的手续，甚至去医院的路上，各种争吵不断。

于是，就在那天晚上，宇杰要去手术的前一天晚上，最后一次战争爆发了……

宇杰几乎将所有的怒气发泄到她身上，虽然之前六次，他都是一时冲动动手，但冲动之后，基本都会让着她，但那天，他没有。

他第一次对她挥起拳头，甚至用脚狠踹。

那个冬夜，左左光着脚逃出了那个临时为做手术租住的酒店，半夜两点，身上没有一分钱，所有的经济都被她双手捧给了这个男人，她看到身后宇杰追出来的身影，躲在河边公园的树林里。

树林的草地都结了冰渣，扎在脚上撕裂般疼痛。

可是左左没有哭。

只觉得疲惫，就那样穿着单衣躺在满是冰渣的草地上，一片荒凉绝望。

这段时间，她不知道自己究竟是怎么走过来的，一次次坚定离开却又被他狠狠扯回。她报过警、发过狠，试图改变过，却是一次次失败。

一直到最后，只盼着离开……

而对他的爱，却成了她最后的绳索。

那一刻，她终于挣脱了，却觉得心如死灰。

这种感觉我无法感同身受，却在听的时候止不住心惊与疼痛。

没有经历过的人，怎会知晓当时的无助与绝望，唯有逃离，逃离痛苦，逃离无尽的深渊，这时候她甚至想不起来当初为什么会跟他来这里，为什么会认识他，喜欢他？初恋对于此刻的左左来说，早已经像天空中的云朵，被风吹散了模样。

她没有钱。

没有地方可以去，也无法离开，终是被宇杰找到。

但左左知道，没有下一次了。

宇杰的手术很顺利，这段时间，或许是因为身体的舒适，他没有再对她动手，但左左却盯着一切可以逃离的时机。但宇杰似乎看穿了她的心思，她被宇杰看得太紧，他温柔地呵护她，宠着她，可是却再也无法温暖左左的心。

终于，左左找到机会，逃了回来。

经历过伤痛的人都知道，时间会带走一切，但是留下来的伤痕却不是时间可以抹平的。在日后的生活中、爱情中，不经意间它还是会跳出来，刺痛着我们的神经，让我们做出自己都无法理解的举动。

4

如今的左左，便是如此。

我虽未经历过这样沉重的事情，但也知道能够治愈她的只有她自己，而我们除了陪伴与提醒，无法分担她的痛苦。

左左最终还是选择和良辰分手。

她说，良辰不懂她的痛。

在良辰的眼里，她平日里温和静柔，但一有争吵，立刻像变了一个人一样，整个人都长满了刺，无论谁靠近都会被她扎得遍体鳞伤，语言恶毒直刺人心，一次次下来，他的心里，不是没有对她的怨，也慢慢少了几分耐心。

左左在努力改变，可是良辰却已经等不了及了。

那种条件反射的还击让她总是在冲动过后才反应过来，她病了，药石罔医。她不知道自己还能不能回到以前，但至少，短时间内是不可能了。她不想让良辰成为另外一个自己，哪怕这个男生或许真的很爱她。

良辰走了。

左左变得更加安静。

虽然她每天依旧努力工作、按时吃饭、好好生活、见到每个人都努力微笑。可是我太清楚这些假象的背后，是对爱情、对未来的恐惧与绝望。

我只能不厌其烦地告诉她——

一切都会好起来，未来的路怎样走，取决于自己的心。

过了一阵子，左左告诉我，自己很享受这样宁静的日子，她开始看很多的书，开始做美味的食物，听幸福的音乐，平时也不再闷在家里，而是选择出去走走，拍摄一些美丽的照片，一个人行走，一个人微笑。

日子似乎真的一天一天好了起来，左左脸上的笑容越来越自然，她努力地改变着，在可以柔软的时候尽量不去尖刻，在生气的时候尽量不让自己发怒，偶尔涯约我一起出游也会带着她，她常常说自己像个灯泡，在我和涯的头顶闪闪发光。

涯是我故乡认识好多年的朋友，这次回来，他经常约我出去，他的心思我明白，却始终无法敞开心扉接受，他也知道，在我的心底，始终还藏着一个人。但这段时间，多亏了他的陪伴，让我的一天天，熬得不那么艰难。

当我们吹着海风，仿佛一切烦恼都烟消云散，带着咸味儿的清新空气扑面而来，夹着几丝寒意。

涯体贴地为我披上外套，我回视一笑。

左左歪着头，突然就流下眼泪。

她将额头抵在我肩膀上，嗡着鼻子嘟囔：“欣儿，你知道吗？只有看到你幸福，我才会觉得未来有希望，才会觉得这个世界上的爱情并不是都那么可怕的。所以，你一定要抓住飞到你手心的幸福，并且一直幸福下去，千万不要走散了。”

左左的泪打湿了我的衣裳。

我看了看左左，又看一眼身边的涯，心里万般思绪，我想，或许我还需要一段水到渠成的时光。

而良辰，在那次之后，便没有再来打扰过左左。

有时候我也会问左左，是否会感到后悔，她摇摇头，微笑着打趣自己："现在的我还是一个伤患，连让自己快乐的能力都没有，又怎么能给予别人幸福？但我相信，等好起来的时候，我又是以前那个最美好的我，甚至比以前更加优秀！"

我欣慰地笑了。

是啊，一个连自己都不快乐的人，怎么能得到幸福？

我们太过容易依附。

似乎传统的教育中，女人都应该有一个牢靠的老公，稳定的家庭，这样才会幸福。可是，为什么幸福不能握在自己的手中呢？如果连自己都不能给予自己幸福的能力，那别人给予的幸福又怎么会安稳长久？

我相信爱情会给人带来快乐与幸福感，但我绝不相信人的幸福与快乐仅仅只有爱情。也许，有一天我们把心放开，专注于自己才会发现，天地那么大，爱情只是人生的一部分，它不是全部。

在和乐臻分开的那一阵子，我的世界全面崩溃。

也就是在那时候，我逃回了老家，不敢面对，不敢触碰，龟缩在自己的世界里，直到涯的重新出现。

我所有的经历，左左都清楚。

在我最为难过的日子，是她陪我走过来的，她一边劝慰我，一边自我疗伤，我俩扶持走过那段最艰难的岁月。

我告诉她，哪怕没有了乐臻，现在的我都是幸福的，因为我学会了不再依附。

也或许，是遇到了对的人，才教会我做对的事。

真正的爱情，是爱着彼此，但却不互相捆绑。相爱，不是将对方锁在自己的身边，也不是合二为一,三观一致，而是拥有了两个不同的世界，各有各的美好。

这样的爱情观，才是健康而长久的吧？

左左听后，微微笑了。

5

浮生若梦，为欢几何？

这份洒脱，我自认还做不到，但是我坚信，要想拥有一个更好的未来，必定要先拥有一个美好的自己。

就像如今的左左。

现在的她慢慢找回失去的自信，慢慢地不再害怕那段过往，甚至可以勇敢地面对，有时候还会和我讨论，为何当初她会放不开、逃不走。现在的她，单身一人，却越来越神采奕奕，爱说爱笑。

不似最初时那般懦弱，也不似后来那般凌厉。

如今的她，不仅个性鲜明而且十分有内涵。

她常会拖着我学习各种我曾觉得无趣的东西，但是她告诉我，漂亮是一时的，不想到老的时候发现自己对这个世界一无所知。

现在的左左如此之美。

清风若不来她便独自盛开，清风若来便是清风携香，兀自欢喜。

直到此时，我们才明白，最大的勇气，不是受过伤后努力好起来，而是伤过后还愿意去相信，愿意继续为未来而努力。

后来，左左告诉我，她觉得现在的自己，内心充满阳光，以后再和别人相处时，她一定不会让彼此都那么疲惫，虽然有时想起曾经的黑暗，还是会有些无法控制，但将来，终归会有一个人给她带来温暖，暖过曾经那些冰冷的伤痛。

如同歌中所唱，挥别错的才能和对的相逢。

唯愿所有受过的伤都化为美化自己的力量，终有一天，心将有所依，不再飘零。

他其实没有那么好

1

一直很喜欢奶茶刘若英，特别是她的一些老歌，总觉得像这样浅笑中双眸却似有些悲伤的女子，必然是有故事的。奶茶的歌传唱率很广，近年来，我却十分迷恋她的《开始的那句话》，这首歌并不火，我也是在无意中听到，再不能罢。

也许，我喜欢的并不是旋律，只是里面的歌词：

想一想 / 如果时间回到那夜晚 / 我那句话 / 还讲吗

就好像 / 其他的恋人们都一样 / 触动太容易继续不简单

终于 / 你累了 / 我也 / 不想做你牵绊

只是后来我们依然孤单 / 你换了几站 / 我一直流浪

只是后来你和我 / 还是迷惘 / 忘了开始爱的感想 / 遗落在过程哪些地方

你喜欢 / 把头依在我的膝盖上 / 闭上眼睛 / 记得吗

就好像 / 想家的孩子回到了床

均匀的呼吸 / 眷恋的心安

终于 / 梦醒了 / 我想 / 挽留也没有讲

……

想一想 / 如果时间 / 回到那夜晚

我想 / 那句话 / 也许 / 不敢讲

有时，我也会这样静静地看着歌词，想像着这词中发生的故事，而后轻轻一笑，关掉旋律却关不掉心中有什么正在破裂的声响。

很长一段时间我脑海里都只有那一句歌词：忘了开始爱的感想，遗落在过程哪些地方……

或许人只有在失去的时候才会开始反思。

反思这一段情从最开始的山盟海誓到后来的撕心裂肺，从最初的坚定到最后的决然，那些最初在一起时的感动究竟是什么时候开始慢慢消磨殆尽。

从此天涯陌路，老死不相往来。

就像我和乐臻。

很多个夜里，我无法接受自己和乐臻已经形同陌路，曾经的那些美好已经被漫长生活磨尽，余下的只有对彼此的怨念与不满，我在试图回望这一条漫长的爱情路，究竟是在哪里犯了错。

也不否认，我依旧深爱着他，以至于在这样孤寂的夜里，我无法入眠，不需刻意想起便会锥心地疼。

我不知道其他女生是否有过这样的感觉，曾相信这个世界上所有人都会变，只有他不会；这个世界上任何人都有可能伤害自己，就是他不可能。

我对乐臻便是这样的感觉。

在失去他之后，那些争吵不满开始消失，余下的全是他的好。

每每在夜里记起的时候，我只恨自己不懂珍惜，当朋友指责他的薄情寡义时，我也是第一时间跳出来维护他，并说是自己做得不好。是啊，在失去之后，想到的全是自己的不足，我开始后悔没有让他知道我有多爱他，没有让他知道我并不像表面这样坚强，我并不是不需要他，而是太需要。

也许，是在一起的时间久了，久到我们看不到对方的付出，久到忘却了感动的心跳，才会任由时间这样消磨彼此的爱。

我一直以为，是这样的。

2

我和乐臻相识的时候，两个人都还只是 20 出头的年纪。

那时候刚刚毕业，对社会一无所知。家中为我找了一份简单又轻松的工作，虽然薪水不多，但在这样的小城市里已经十分足够。和乐臻相识的时候，正逢我失恋，巧的是乐臻那时候也刚刚被女友提出分手。

虽然相识于网络，但却因为懂得彼此心中的难过而相惜。

乐臻是白羊座，我是天秤座。

星座上说，这两个星座的人合则百分之百合，不合则连看对方一眼都会嫌多。当时我觉得，我和乐臻一定就是那个百分之百合的。虽然个性不同，但我们却有许多共通点，每天晚上必定聊到很晚。同时，在网络上我们交到了一群固定的朋友，其中不乏我们彼此现实中的朋友。

走到一起，其实有些儿戏。

那时候我们都刚刚失恋，处于好转的过渡时期。那时候我对乐臻真的只是朋友相待，一次玩到深夜时，我突然对他说：

“不如，我们在一起吧。”

“好啊。”

“哈哈，你疯了吧。”

“嗯，我想是疯了，那就疯吧。”

原是玩笑般的对话，但说过后心却莫名跳得有些快。爱情，来得太过突然，我们也在同一时间觉得，为什么不可以试试看？

于是，我们开始真正试着相处，每天下班回来都有他陪着我，有时周末我休息他也会一直陪到我睡着。印象最深的，是有一夜我们开着语音直到深夜，我突然从噩梦中惊醒，喊了一声他的名字，手机那头立刻传来他的一句：

我在，别怕。

那种心安，即使隔着千山万水，也直抵心间。

就这样，我们网恋了大半年，终于决定见面。

乐臻来到我的小城。

我毕业后便没有和家人同住，在单位附近找了个便宜房子住下，乐臻来了自然同住。

至今我依旧清楚地记得，当时我没有去火车站接他，他直接打车到了家门口，听到敲门声我的心是激动也是紧张的，打开门时看到一个清瘦的男孩，和视频里并没有多大的区别。他伸出手，将我搂在怀里，亲吻我的额头说："我好想你。"

紧张的情绪，被他的一句话化解。

大半年的隔空恋爱，终于感受到真实的温暖，我觉得再也没有比此刻更幸福的时候了。

尤为深刻的是，他将行李拿进屋后，便将身上所有的钱掏出来放到我的手中说：以后，我赚的钱，都由你来管。

那时候都说网恋不靠谱，可是看着眼前的乐臻，他真挚的眼神，我真的觉得不靠谱的其实是人，与是否网恋并无关系。初在一起时，我们都是不了解对方的，谁又不是在日渐相处中慢慢磨合、慢慢熟悉彼此的呢？

回忆起来，乐臻初来的那段时间，是我们恋爱中最为快乐的时光。

我请了假，带着他到小城里四处乱逛，吃着当地的美食，晚上一起上网，接受网上的朋友们给我们的祝福与羡慕。大家都叮嘱我们好好珍惜彼此，毕竟跨越城市的恋爱，真的不容易。

我们又何尝不是这样想？

走到今天并不容易，好好珍惜，好好的一直陪伴彼此走下去。

3

初见的喜悦，在生活中慢慢平淡下去。

我开始恢复朝九晚五的生活，而乐臻则待在我的租房里，或是上网玩游戏或是睡觉。开始我还没有多言，到后来我有些着急了，于是问他的打算，他也没有推脱，第二天便去找工作了。

那时候乐臻身上已经没有多少钱了，他来的时候将身上唯一的几百元都给了我，于是每天乐臻出门我都会放一些钱在他的身上，供他坐车吃中饭。

几天后，乐臻告诉我，他找到了一份在网吧里当网管的工作，虽然工资不高但总是一个好的开端。

我很开心，接到电话后便买了很多菜回去庆祝。

刚开始，我也没有察觉有什么不对，每天依旧在他身上放一些钱，然后各自去上班。到了晚上回来，我会将菜买好，做好饭菜等他。

可是越到发工资的日子，乐臻越显得不对劲。

整个人有些焦躁不安，有时不愿意和我说话，有时自己偷偷打着电话，不让我知道。好几次我都想，趁他去上班的时候我偷偷地跟着他，但是又被自己否定了，两个人在一起信任太重要，若是最后发现只是自己多想，那该多伤他的心。

终于，到了该发第一个月工资的日子。

我想着怎么也该庆祝一番，可是那天乐臻却没有去上班，他待在房间里，抽了整整一包烟，当我回来的时候，他满脸疲惫。

我心中已经了然，却还是希望他能够主动和我说，于是我不问。

沉默在我们之间展开，好几次我看他已经开了口，却还是闭上了。

最终，在晚餐过后，我忍不住先开了口：

“工资呢？”

“……”

“今天不是发工资了吗？我记得你告诉我的是今天，难道推迟了？”

“……嗯，老板娘说明天再发。”

“明天你又准备怎么办？”

“……”

在我的逼问下，他终于承认，这一个多月他并没有找到工作，而是每天都在网吧里玩游戏，到了晚上再回来。他就像个做错事的孩子一般，不敢抬起头来看我，嘴里不停地说着对不起，然后保证自己一定会找到工作，不会再像这样贪玩。

我紧紧地抱着他，只有心疼。

我告诉他，没有找到工作没有关系，可以慢慢找。只是不要骗我，更不能因为这样就放弃自己。我每天给他的钱都是算好的，他若拿去上网，哪里还有余钱吃中饭？恐怕也只是吃了泡面了事。

现在想来，那时候我真的没有一点责备他的意思，只是心疼他中饭没有吃好，不到一个月的时间竟消瘦了那么多。

而我想，那时的他，应该也是感动的，感动我的包容与理解。

我们抱在一起哭了。

那时候，我们还是坚信彼此可以走下去的，无论发生了什么事。

4

虽然乐臻没有太多钱，但他对我的好却是真的。

我的个性比较固执，也很任性。但每一次无论我怎么过份，他都会包容我。记忆最深的，是在一起的第一年，我的生日。

那时候我们已经离开我所在的城市，原因是他不好找工作，来到他家。因为两人都没有太多的存款，自然也就住到他家里，与他的爸妈同住。我生日那天，他爸妈是知道的，他妈妈刻意给了他一些钱让他帮我过生日。

但是那天，他一觉睡到了下午 4 点，面对我冷冷的表情他一再道歉，然后带着我上街挑选礼物。

而我幻想中的生日，是一早便在他的亲吻中醒来，然后举着他为我准备的礼物，至少应该有一个蛋糕，哪怕我不吃。然后我们一起上街，看一场电影，哪怕就在家中的电脑上一起看都是可以的。

可是没有，我有些失望也有些生气。

到了街上，他带着我简单地吃了一顿晚餐，然后询问我要什么礼物，我赌着气说不要。他或许是猜到我的心思，于是让我在原地等他一会儿，自己离开了。过了一会，他捧了个蛋糕过来，我也不知道究竟为什么自己那么生气，夺过蛋糕便扔到垃圾桶里。

他也被我的态度惹生气了，但最终还是忍住反过来哄我。

回到家中，他想尽了各种方法试图让我开心，最后也不知道从哪里找来了一堆白蜡烛，在地上围成一个心型，唤我出来看时，我除了哭笑不得还有些暖意。他很委屈地说，店里的红蜡烛不够了，只有白的了。

他的心意，我懂。

在一起时，有太多的细节。

后来回忆起的时候，也多是自己的任性蛮横不讲理，哪怕和他分手是因为他劈腿了。

我是最后一个知道的。

若不是他的同学无意问我他的QQ是否不用了，怎么换了一个新的，我竟还不知道他的心已经慢慢转移了。

我搜索了那个QQ号，里面是他和另外一个女生的甜言蜜语，签名上写的是他们名字的简写，而我是知道那个女生的。

我多希望那时候的自己是平静地离开，而不是歇斯底里。

歇斯底里地去刺伤他、推翻我们的过去，留下最坏的回忆。可是，时间不能重来，过去已经成为历史。

我只记得分手时，我求他，能不能慢一点再分手，再给我多一点时间去适应没有他的日子。我不会再粘着他，不会再纠缠他，只是在我无助的时候能不能不要这么快就放开手，再给我一点时间，我会很快好起来。

他答应了，但同时附加的条件是：不要在微博里发有关他的东西，因为他不想让她伤心难过。

我看到这句话时，竟是笑了。

我不知该如何形容当时的感觉，只是没有了力气，不想难过、不想伤心，也不愿再去想我该怎么办，我们究竟怎么了。

也因为这一句，我松开了手，将所有联络方式尽数删除。

你要走，我留不住，多一个字都是求，我的骄傲负担不起这样的沉重。

5

我的朋友自然是站在我这边的。

他们很清楚，虽然我不懂如何表达，但我是真的爱他。而我也清楚，哪怕最后他选择了放弃，但曾经他曾真心爱过我。

我责备自己不懂珍惜，错失了一个对我如此好的人。

至少在一起时，他对我的好，朋友们都看在眼中，而我悄然铭记心中。她们总是说，若我不懂得珍惜乐臻，那真是活该单身。有时我们吵架，无论是朋友还是家人，都是站在乐臻这边，让我不许再作。

可那时候的我总觉得，不管我怎样作，他都不舍得伤害我。

这让我觉得幸福而更加肆无忌惮。

是的，我曾经以为，他哪怕伤害自己，也不会伤害我，因为他够爱我。就如同我宁愿伤害自己，也不愿伤害他，因为我也很爱他。

可是我却没想到，越是深爱，受到的伤害越是成几何倍数地增加。

毕竟，能够伤到你的人，一定是你倍加在乎的那个人，否则旁人又哪有那个力量？

我迷失过，后悔过。

在多年后的今天，我终于有勇气再去回忆这段往事。就在几天前，在路口看到一个背影与他相似的男生，我还有些恍神，忆起那些年我们相爱的日子。

不知为何，突然就不再怪自己了。

或许，他其实并没有那么好。

我爱的也并不是他的本身，而是我想象中他的样子。因为我希望，所以他变成了这个样子，但他原本的模样呢？

我希望他是宠爱我的，于是哪怕他也生气也会放下脾气来哄我。

我希望他是积极向上的，于是哪怕他明明在家玩了一年多没有工作，也愿意努力给我看，哪怕是用欺骗的方式。

我希望他是专一不多情的，于是他会拒绝那些对他有意思的女孩。

一切都是我希望的，慢慢他成为我期待的模样，甚至丢弃了自己。可是最后他累了，突然就挣开了束缚。

爱极有限。

我忘了，相处中他渐渐不再哄我。

哪怕我生气从家出门，他也不会再追出来，是我自己消气后，带着美食回家。

我忘了，网恋那大半年里，他也是没有工作在家靠父母的，我却没有在意过，而后来我们在一起，哪怕他说找工作却也从未正经上过几天的班。尽管他一直对我说，他要为我们的将来努力，似乎也是这样做的，却总有各种借口，于是依旧坐在电脑前玩游戏。

我忘了，那次我将女人直觉发挥到了极至，在他的一个群里一眼便看到他的小号，试过密码上去后，上面却有他的前女友，以及一些在游戏中迷恋他的妹妹。

是我忘了，他也许并没有那么好。

只是我一直坚持在自己的幻想中，迷了自己也累了他。我想，爱情失败，不会是一个人的责任，于我于他，我们都曾经努力去爱过，谁也不曾亏欠谁的。

我趴在窗前，回忆着过去的种种。

阳光很暖，岁月很长。

远处的拐角，一个颀长的身影被阳光拉出俊美的弧度，他仰着脸，对我微微而笑，明眸皓齿，见我看向他，便朝我挥了挥手中的早餐。

是涯。

笑容不由自主地从眼底浮起。

我知道——

现如今，我只欠自己一个幸福的模样。

所以，下一次恋爱，我不会再过着耳听爱情的日子，让自己真实，让爱情长久。

后序：当你老了

通宵加班终于写完了这本书，我伸个懒腰，拖着疲惫的身体出了门，却看见外公外婆神采奕奕地在路边拦出租车。

我眼睛一亮，立刻跑过去抓住外婆的衣角："外公外婆，你们去干嘛？"

外公下意识地把外婆往自己身边拉了拉，冲我眨眨眼睛："我们要去吃肯德基。"

"……"

我一阵无语，不免对他们这种洒脱得不像话的生活态度唏嘘一番，外公外婆有时候怎么跟小孩子一样。

但我眼珠子一转，立刻拽着外婆衣角撒娇："带我去吧，带我去吧！刚好我早上还没吃饭呢，人家都要饿死了啦！"

"不要，就我们两个去，我要跟你外婆约会呢！"外公笑眯眯地看了外婆一眼，那神情像极了小孩子。

"一把老骨头了，说这话也不害臊，也不怕教坏小孩子。"外婆满脸皱纹的脸上飘上几朵红晕，使劲在外公腰上拧了一把，可是眼睛里的甜蜜却怎么都掩饰不了。

“大马路上的，你注意车啊。”外公也不理她，下意识把外婆让到里面，伸手去拦出租车。

“你们真不带我啊！怎么可以这样？外婆你不疼我了……”我瞬间满心怨念，真不知道我是不是他们的亲孙女。

可不等我啰嗦完，外公就已经带着外婆上了一辆出租车。

我回到外婆家的院子里。

中午的阳光透过窗子，洋洋洒洒地落在地毯上。

靠在窗边的老摇椅上，我一边晒太阳，一边翻着巴特勒·叶芝的诗，悠悠然然，书香袅袅，微风吹过纸张，一页又一页：

When you are old and grey and full of sleep.

当你老了，头发花白，睡意沉沉。

And nodding by the fire，take down this book.

倦坐在炉边，取下这本书来

And slowly read,and dream of the soft look.

慢慢读着，追梦当年的眼神

Your eyes had once,and of their shadows deep；

你那柔美的神采与深幽的晕影；

How many loved your moments of glad grace,

多少人爱过你昙花一现的身影，

And loved your beauty with love false or true,

爱过你的美貌，以虚伪或真情，

But one man loved the pilgrim soul in you

惟独一人曾爱你那朝圣者的心，

And loved the sorrows of your changing face;

爱你哀戚的脸上岁月的留痕。

“爱你哀戚的脸上岁月的留痕，爱你哀戚的脸上岁月的留痕……”时间不知不觉过去，我喃喃自语，脑海中浮现出的是两位白发老人相爱一生的情景。

大门突然被推开，外公搀扶着外婆从外面回来了，手里还提着给我打包的汉堡鸡腿还有全家桶。

我“啪”一声合上书，飞奔过去。

“我就知道外婆最疼我！好多好吃的！”我眼睛亮亮的，抱着外婆狠狠亲了一口，不等我扑向外公，外婆已经作势要揍我。

“你这丫头，都多大了，还这么闹腾。”说完，她狠狠地瞪我一眼。

“……”

我瞬间无语，明明是不想让我亲外公好不好，还找一大堆借口，我可是你们的孙女哎！外婆年轻的时候一定很爱吃醋！

外公只在一旁呵呵笑。

“给，快去吃你的，看你这小馋猫！”外婆把吃的递给我，就回了房间，过了一会，拿出一条织了一半的围巾，坐在院子的软椅上。

我一边吃，一边偷看外婆外公。

外婆的头发纯白微卷，没有一丝黑色，布满皱纹的手依旧白皙。

她一针一线地织着那条黑色的围巾，而外公则在一旁戴着老花镜摆弄他的鱼竿。

岁月静好，不过如此。

这是不是每一个人所期许的未来？

花甲之年，闲来无事携着爱人的手穿过一条一条街道，步履蹒跚，互相搀扶，依旧安心妥当。

黄昏之际百无聊赖，两人默不作声各自忙各自的事情。

周遭环绕着彼此的气息，便觉得空气如此美好纯净。

此时的我好像一个淘气的捣蛋鬼，打破了此时的美好。我抱着一个鸡腿，赖在外婆身边对她撒娇：“外婆，上次你们的故事还没有讲完，再讲给我听好不好？”

外公轻笑一声，一边折腾手里的鱼竿一边看着我：“丫头，你又想着在我们身上寻找素材吧？”

“是啊，你们的感情那么纯粹，只有这样的爱情才能感动人。”

外婆害羞了起来：“什么爱不爱的，当时哪里想到那么多。”

外公听到后也不恼，只是笑呵呵地看着外婆，我想，他们应该是时间太长太久，走过的岁月太深太远，早已过了说爱的年纪。

“他们家人觉得我长得帅，所以就把你外婆嫁给我咯。”外公指了指外婆，满脸自豪地开口，外婆撇撇嘴，白了他一眼，对此不予置评，不过却也看得出她眼底隐隐的骄傲得意，为了证明外公年轻时长得很帅，她还起身翻箱倒柜地找起了老照片。

第一张照片：

外公身着军装，纯白的背景，英姿勃发。剑眉星眼，无处不英俊，无处不潇洒，带着年轻的桀骜。

外公外婆异口同声地说，当年，他们谁都没有对彼此动过心，哪怕是一秒的波澜都不曾有过。

外婆刚到外公家的时候，还没有看过外公，却被他一屋子的兄弟姐妹惊坏了神。

那时她想，如果嫁给外公一定生活艰难。

外公看到外婆，更是觉得这个女人天生大小姐脾气，吃不了苦。

原本以为两个人一定不会走到一起，可是那个年代，都是父母之命，媒妁之言，双方父母都觉得挺满意，就立刻拍板促成了这桩婚事。

当年的心境已经无法再捕捉。

如同年华沉寂成泡影，在时间漩涡里消失殆尽，最早的争吵与矛盾，如同沙石被四季的轮回渐渐筛净。

第二张照片：

两人在天安门广场相携而立。

年过半百，他们早已放下心中的包袱和杂念，回归最初的模样，和心爱的人越过山岗，越过河流。

我们一生有太多愿望都因时间心境或是金钱，不得不推迟或者放弃。

然而外公外婆却如此善待自己，善待彼此。

还有一打是他们旅行的照片，从最初的白衬衫麻布裤子，到后来服装越发精致，再到回归经典。一张一张好像再现 50 年代的时装秀，然而世上 20 年一轮回，就是因为有的人终其一生都与最初的爱在一起。

第三张照片：

他们有了共同的家

我想那个年代应该很少有结婚照，一张全家福足以沉淀两辈人的幸福安乐。

他们矢口否认的心动，缄默不语的爱情，却被爱情的结晶昭然若揭，女孩像她，男孩像他，从此他们做了爸爸妈妈。

外婆早已起身去准备晚饭，只有外公还在这里絮絮叨叨地说着。

沉思一下又开口，开口却不知如何表达。

应该是这样的吧，陪伴是最长情的告白，甜言蜜语都显得匮乏。

期间外公还不忘一次次故意贬低外婆，外婆耳尖地在厨房里不满地争辩。

吃过晚饭，恍然发觉这些年他们好像没再拍照了。

便拉起他们站在家里红色的中国结前拍照。

“抱着抱着，近一点啊，外公主动点嘛，早先的霸气劲儿去哪了？”我一边调整镜头一边打趣他们。

外公爽快地搂住外婆，却让外婆羞红了脸，作势推脱。

“你配合一点啊，不亲密点，这丫头还会缠着我们，赖在这里不去休息，打扰咱俩的甜蜜。”

“你这说话，越来越没羞没臊。”

有些东西并非越浓越好，要恰到好处；

深深的话，我们浅浅地说；

长长的路，我们慢慢地走。

那些年少时的怦然心动，那些一见钟情的出色皮囊，那些自私的占有，那些得不到的穷追不舍，那些岁月侵蚀而逐渐寡淡的……

都不是爱。

我觉得，唯有像外公外婆这样。

当你老了，头发花白，还能追忆起当年彼此的眼神。

尽管年少时有人爱过你的美貌，而我唯独爱你那朝圣者的心。

一生一人。

一人一生。

终老小城。

直到老了。

仍爱你苍老的皱纹，爱你如雪的白发。

许诺你一生的相伴。

超越时光，超越生死。

直到爱情跨过时间。

伴你守住一个温暖的家，走过半生烟火。

一 生 一 人 。
一 人 一 生 。
终 老 小 城 。

图书在版编目（CIP）数据

那一城、终一人，许你一生 / 执念左左，南亦陈著．—厦门：鹭江出版社，2016.4
ISBN 978-7-5459-1117-6

Ⅰ．①那… Ⅱ．①执… ②南… Ⅲ．①短篇小说－小说集－中国－当代 Ⅳ．①I247.7

中国版本图书馆 CIP 数据核字（2016）第 041192 号

NAYICHENG ZHONGYIREN XUNIYISHENG
那一城、终一人，许你一生
执念左左，南亦陈　著

出版发行：海峡出版发行集团
鹭　江　出　版　社
地　　址：厦门市湖明路 22 号　**邮政编码**：361004
印　　刷：北京毅峰迅捷印刷有限公司
地　　址：北京市通州区潞城镇南刘村村委会南 800 米　**邮政编码**：100000
开　　本：889mm×1194mm　1/32
印　　章：8
字　　数：93 千字
版　　次：2016 年 4 月第 1 版　2016 年 4 月第 1 次印刷
书　　号：ISBN 978-7-5459-1117-6
定　　价：32.80 元

如有发现印装质量问题请寄承印厂调换